Geschichten,
die mir zuflogen

Brigitte Vollenberg

AF237752

Bibliografische Information der Deutschen Nationalbibliothek:
Die Deutsche Nationalbibliothek verzeichnet diese Publikation in
der Deutschen Nationalbibliografie; detaillierte bibliografische
Daten sind im Internet über dnb.dnb.de abrufbar.

Herstellung und Verlag: BoD - Books on Demand, Norderstedt

ISBN: 978-3-7528-2959-4

Inhalt

Vorwort

Mit offenen Augen meine Umgebung betrachten, aufnehmen, was um mich herum passiert und die Menschen wahrnehmen, ist der Motor meines Schreibens. Schnell fokussiert sich mein Blick auf Details. Oft sind sie von sehr skurriler Natur. Ich mache mir Notizen und schon flattert eine Geschichte auf mich zu, die unbedingt geschrieben werden möchte.

Es sind Situationen des Alltags, und Sie, als Leser, werden sich sicher in der einen oder anderen Geschichte wiederfinden und Ähnliches beobachtet oder erlebt haben.

Aus der Vielzahl meiner Texte habe ich hier dreißig zusammengestellt, die mir besonders am Herzen liegen, mir viel Spaß beim Schreiben bereitet, aber mich auch nachdenklich gestimmt haben. Einige Geschichten wurden schon einmal veröffentlicht, in Anthologien oder Literaturzeitschriften. Andere habe ich für Wettbewerbe geschrieben oder sie schlummerten in den Tiefen meiner Speicherdateien. Die Texte haben einen wahren Kern, teilweise sind sie gespickt mit meiner Fantasie, die das eigentliche Thema unterstreicht oder greifbarer macht.

Lassen Sie sich überraschen, und vor allem unterhalten.

Die kleine Gier,
die Schwester vom Geiz

Wir saßen uns im Klubhaus gegenüber. Sie zögerte mit der Bestellung, abwartend, ob ich sie nicht zu einem Getränk einladen würde. Ich bestellte mir einen großen Milchkaffee mit extra Milchschaum. »Und was nimmst Du?«, fragte ich Tine. Die Kellnerin stand mit gezücktem Bleistift neben uns. Tine ignorierte sie.

»Oh, wenn ich eingeladen werde, nehme ich eine große Weinschorle«, legte sie meine Frage aus, und an die Bedienung gerichtet sagte sie: »Aber bitte mit viel Wein und nicht so eine Plörre, wie ich sie vor ein paar Tagen hier getrunken habe.«

Der Milchkaffee stand vor mir. Der Schaum türmte sich hoch auf und war mit einer feinen Kakaopulverschicht bestäubt. Auf dem Unterteller langen zwei Tütchen Zucker und ein in Cellophan eingepacktes braunes Plätzchen. Ich leckte mir genüsslich den Milchschaum von der Oberlippe. Tine hatte mir zugeprostet und sich mit einem Kopfnicken für ihre Schorle bedankt. Sie beobachtete mich.

»Nimmst du keinen Zucker für den Kaffee?«, fragte sie.

»Nein, ich trinke Kaffee nie gesüßt, das schmeckt mir nicht«, antwortete ich.

Sofort stieß ihre Hand in die Richtung meiner Kaffeetasse und sie nahm die Zuckertüten an sich. »Wir brauchen sie ja nicht an die Küche zurückgehen lassen, sind ja schließlich bezahlt«, murmelte sie. Höflich wartete sie, bis meine Tasse leer war, und dann erkundigte sie sich nach der Verwendungsmöglichkeit meines Plätzchens.

»Isst du deinen Keks nicht?« Diese Frage verneinte ich ebenfalls. Ich hatte der Bedienung schon einige Male gesagt, dass ich weder Zucker noch Keks wünschte und sie diese Beigaben gar nicht erst auf meinen Tellerrand legen sollte. Aber die Bedienungsroutine führte dazu, dass ich immer wieder das komplette Gedeck serviert bekam.

»Kann ich deinen Keks haben?«, fragte Tine. Sie wartete meine Antwort gar nicht ab.

»Ich verstehe gar nicht, warum zum Kaffee stets ein Plätzchen gereicht wird und zu einer Weinschorle nicht. Zu einem gekühlten Getränk schmeckt die kleine süße Köstlichkeit ebenfalls gut«, sagte Tine entrüstet und zum Beweis verschwand mein Plätzchen in ihrem Mund.

Mittlerweile hatten sich weitere Damen unserer Spielrunde an unseren Tisch gesetzt. Dass ich nicht die einzige der Damengruppe war, die ihre Süßigkeit nicht verzehrte, zeigten die verwaisten Plätzchen auf den Tellern der Kaffeetassen. Die Bedienung hatte gerade kunstvoll die Gedecke gegriffen und wollte abräumen, als Tine sich blitzschnell von ihrem Stuhl erhob und nach den in Cellophan verpackten Backwaren grapschte.

»Das ist zu schade, wenn sie keiner will, sind sie für mich!«, entschied sie. In letzter Sekunde konnte das junge Mädchen die Balance wiedergewinnen und schaffte es, zwischen Tisch und Küche einen Scherbenhaufen zu vermeiden. Tine stapelte Türmchen vor sich auf, die aus rechteckigen, in durchsichtige Folie gebetteten Keksen, bestanden.

»Die nehme ich mit nach Hause. Wenn ich Besuch bekomme, werde ich einen Keks anbieten, wie im Restaurant.«

Lag diesem Anhäufen von Zuckertüten und Plätzchen eine Sammelleidenschaft zugrunde oder diente es der Bedarfsdeckung? Die anderen Frauen an unserem Tisch grinsten, schienen amüsiert. Tine schob ihre Beute hin und her, ähnlich den übereinandergeschichteten Jetons an einem Roulettetisch.

Wir trafen uns regelmäßig einmal in der Woche nach dem Sport und Tine räumte ständig unsere Unterteller ab, oftmals bevor die Bedienung die Tassen auf den Tisch gestellt hatte. Mir gefiel das gar nicht. Tines Hände wuselten vor meinem Gesicht herum und ich befürchtete, dass es nicht mehr lange dauern würde und eine Portion heißen Milchkaffees würde sich über meine Kleidung ergießen. Ich versuchte sie in ihrer Aktivität zu bremsen, was aber nur zu einem schnippischen Wortwechsel führte. Das Problem löste ich auf eine andere Art. Ich aß an diesem Tag das kleine Gebäck selbst. Es schmeckte mir nicht, aber ich schluckte es mit Todesverachtung hinunter. Ich behielt mir das Recht vor, zu entscheiden, ob ich das Plätzchen essen würde oder nicht. Es war ja schließlich mein Keks. An manchen Tagen öffnete ich die Cellophanverpackung und legte das Backwerk wieder auf den Tellerrand. Tine griff dann trotzdem zu. Diese unverpackten Kalorienportionen verspeiste sie immer an Ort und Stelle mit den Worten: »Sonst krümele ich mir meine Handtasche voll.«

Mir wurde im Laufe unserer wöchentlichen Zusammenkünfte Tines Verhalten zunehmend unangenehm. Meistens taktierte ich lange, bis ich mich hinsetzte, weil ich nicht in ihrem Einzugsbereich Platz nehmen wollte. Andere meiner

Golffreundinnen handelten ebenso. Tine entpuppte sich mit der Zeit als Allesverwerterin mit System. Sie selbst bestellte sich nur einen kleinen Beilagensalat und bediente sich ohne Hemmungen bei den Tellern ihrer Kolleginnen. Sie wurde spielend satt.

»Das ist doch Sünde und Schande, es an die Küche zurückgehen zu lassen«, rief sie quer über den Tisch. »Reich mir bitte den Teller herüber.«

Wenn sie sich bis dahin noch keinen Salat bestellt hatte, ließ sie sich von der Bedienung ein frisches Besteck bringen. Sie kam so in den Genuss, die unterschiedlichsten Gerichte auf der Speisekarte zu probieren, ohne selbst etwas geordert zu haben.

»Mmm, das ist aber lecker, das werde ich mir später einmal bestellen«, tönte es in unsere Runde. Immer wieder stach ihre Gabel zu, mal auf den linken Nachbarteller, mal auf den rechten.

Heute empfahl der Küchenchef eine neue Salatkreation, und Tine saß in meiner Reichweite. Sie griff zu einer Gabel und stocherte ungeniert auf meinem Teller herum. Die ersten Kostproben führte sie zum Mund, bevor ich nach dem Besteck gegriffen hatte. Als sie zum dritten Mal zustach, schob ich ihr den Salatteller herüber.

»Bitte, bediene dich«, forderte ich sie auf und winkte dem Kellner. »Würden Sie mir das Gleiche noch einmal bringen«, bat ich ihn. Der Salat war eine Augenweide und schmeckte delikat, und ich würde mir diese Köstlichkeit sicher öfter mal nach dem Sport gönnen.

Tine staunte Bauklötze, als ich später nur einen Salat und meinen Milchkaffee bezahlte und der Kellner den ersten Salat mit ihr abrechnete.

»Ich hab mir gar keinen Salatteller bestellt«, maulte sie.

»Ja, aber du hast ihn gegessen«, erwiderte ich.

Von da an ignorierte sie mich.

(Erstveröffentlichung in der Literaturzeitschrift etcetera – Literatur und soweiter, Nr. 59/2015 zum Thema Gier)

Die Variation meines Viertels

Herr und Frau Kampmann wiesen mir einen Platz in ihrem Leben zu, als draußen ein Schneegestöber dem beginnenden, letzten Tag des Februars einen winterlichen Anstrich gab. Herr Kampmann drehte seiner Frau den Rücken zu, rollte sich in seine Daunendecke ein und fiel Sekunden später in wohlverdienten Tiefschlaf. Kurz zuvor hatte er eine neue Vaterrolle übernommen. Frau Kampmann genoss die erlebte Zweisamkeit, aber ihre Gedanken schwirrten fort vom Sex zu den morgendlichen Aufgaben, die Moritz, Chris und Jan ihr bei den Schneeverhältnissen zusätzlich zur Morgenroutine stellen würden. Sie würde Tage später erst an der Verfärbung des Teststreifens ablesen, was in den frühen Morgenstunden dieser Nacht seinen Anfang genommen hatte.

Mir wurde gerade unfreiwillig ein Platz in dieser Familie eingeräumt. Wenn auch noch niemand von meiner Existenz Kenntnis hatte, so war von Gesetzeswegen mein Anteil schon gesichert. Genau neun Monate später legte ich den Arbeitstitel »Paul« ab und in der Familienchronik wurde folgender Satz vermerkt: »Am 30. November erblickte Lucca als vierter Sohn der Eheleute Klaus und Barbara Kampmann, geborene Meier, das Licht der Welt.«

Für mich begann nun der Kampf um jegliches Viertel, das meine Brüder mir immer wieder streitig machten. Sie waren es gewohnt, alles durch drei zu teilen, aber jetzt verkleinerte sich durch meine Anwesenheit ihr Drittel auf ein Viertel.

Chris und Jan waren kampferprobt. Sie hatten einschlägige Erfahrungen, die mir fehlten, und somit fiel mein Viertel in dieser Familie in den ersten Jahren stets kleiner aus, als mir zustand. Meine frühkindlichen Erinnerungen sind nur vage, aber das Gefühl, dass meine Brüder mich immer ausgetrickst haben, ist haften geblieben.

Ich saß in meinem Kinderhochstuhl, hielt voller Vorfreude einen Schokoriegel in der Hand. Meine Geschwister bekamen ebenfalls ihre Schokoladenration. Während ich gemütlich mangels vorhandener Zähne an dem Riegel Schokolade lutschte, verschlangen sie ihre Köstlichkeit mit einem Biss. Mir, weil ich mich nicht wehren konnte, brachen sie von meinem Viertel die Hälfte ab und teilten sie unter sich auf.

Das Bemühen unserer Eltern, den Gleichbehandlungsgrundsatz gegenüber uns konsequent zu verfolgen, muss ich loben. Allerdings schafften meine Brüder es immer wieder, mein Viertel zu verkleinern. Sie nutzten jede Gelegenheit dazu. Alles, was ich ihnen bereitwillig überließ, wollten sie nicht, denn meistens teilten sie dann mit mir die Auffassung, dass es nicht erstrebenswert war, über mehr als ein Viertel davon zu verfügen.

In die Reihe dieser unliebsamen Viertel gehörte das Müllentsorgen und das Abtrocknen des Geschirrs, ebenso das Gassigehen mit dem Hund und das Säubern der Käfige, in denen der familiäre Zoo beherbergt wurde. Am meisten nervte mich, wenn das schäbige Viertel an Kleidung meiner Brüder in meinem Schrank hing. Die Sachen waren durchaus noch tragbar, aber oftmals zeigten sie deutliche Gebrauchsspuren oder hatten den annähernden Status von »modern« abgelegt.

In einem Jahr erhielten wir alle vier eine neue Winterjacke. Opa hatte das Portemonnaie gezückt. Aber über die

Freude hinaus, Besitzer einer nigelnagelneuen Jacke zu sein, ahnte ich schon, wie in den folgenden Wintern meine Jacken aussehen würden, wenn ich meinem eigenen Modell entwachsen war.

Nach außen traten wir immer als Ganzes auf. Wir demonstrierten eine geschwisterliche Zusammengehörigkeit, die uns stark machte. In der Zeit meiner körperlichen Unterlegenheit konnte ich auf meine Brüder zählen. Wenn ein Viertel von uns Ärger bekam, mussten sich die Gegner mit vier Vierteln auseinandersetzen.

Wir entwickelten uns aber dennoch individuell, allein deshalb schon, um uns der Gleichmacherei der Eltern zu entziehen. Wir versuchten, an uns Talente zu entdecken, die uns voneinander unterschieden.

Es reichte schon, dass man in der Schule die Augen verdrehte, wenn wir gemeinsam im Anmarsch waren. Wir wollten wenigstens in der Freizeit verschiedenartige Hobbys ausüben. Moritz lernte schwimmen und trat in den örtlichen Schwimmverein ein. Für Chris war Wasser kein Element, in dem er sich länger als unbedingt nötig aufhalten würde, er begeisterte sich für das Radfahren. Jan, komplett unsportlich, liebte Gedichte und wurde ausschließlich mit etwas Lesbarem in der Hand angetroffen. Ich konzentrierte mich auf die Musik, denn ich wollte es auf jeden Fall vermeiden, auf ausgeleierte Badehosen, abgelegte Fahrräder und zerlesene Bücher zurückgreifen zu müssen.

Als wir in der letzten Woche gemeinsam am Abendbrottisch saßen, hatte Mutter für sieben Personen gedeckt. Jan, mein ältester Bruder, hatte seine Freundin eingeladen. Sie begrüßte uns ungezwungen und freundlich und nahm neben Jan Platz. Wir starrten sie an wie ein Wesen aus einer anderen Welt und zeigten alle ein überaus großes Interesse an dem familiären Neuzugang.

Es dauerte drei Wochen, da nahm sie nicht mehr neben Jan Platz. Damit saß sie mir jetzt direkt gegenüber. Die Verliebtheit, die sie Chris, meinem zweitältesten Bruder, angedeihen ließ, war schon fast peinlich. Ich, der Jüngste in der Runde, wurde nicht informiert, was da abging. Für mich sah es so aus, dass Chris jetzt die abgelegte Freundin von Jan als seine Beziehungskiste auserkoren hatte. Jan zog sich in der Zeit nach der Trennung von Eva zurück und steckte seine Nase tiefer in seine Lyrikbücher. Ich fand mich in dieser seltsamen Gefühlswelt nicht zurecht. Aber insgeheim freute ich mich, dass jetzt Chris mal etwas Abgelegtes, Altes bekam. Doch Eva sah weder alt noch abgelegt aus.

Wenn sie sich für mich begeistert hätte, hätte ich auf keinen Fall Nein gesagt. Doch im Moment hatte sie nur Augen für Chris. Ich konnte warten. Ich zeigte mich Eva gegenüber stets von der besten Seite, war höflich und zuvorkommend und vor allem ließ ich meinen Charme spielen, wann immer ich daran dachte.

Es kam der Tag, da zeigte Moritz Interesse an Eva. Da spielten meine Eltern nicht mehr mit und sie wichen von ihrem Prinzip, das sie jahrelang an uns praktiziert hatten, ab.

»Es gibt so viele nette Mädchen. Ich möchte nicht, dass Eva das Gefühl bekommt, hier herumgereicht zu werden, es darf im Leben nicht alles ehrlich geteilt werden. Sollten wir da etwa einen Erziehungsfehler begangen haben?«, sagte unser Vater. Eva spazierte weiter bei uns ein und aus wie eine »gute Freundin« der ganzen Familie. Mir war nie klar, wen sie mit ihrem Besuch beehrte. Nach einiger Zeit gehörte sie dazu wie ein fünftes Kind.

Eines Abends stand sie vor der Tür. Mein Vater öffnete. Ich betrat in dem Moment den Treppenabsatz und hielt inne. »Hallo, Eva! Wen beabsichtigen Sie denn heute zu besuchen?«, fragte er. »Sie haben nette Jungen, aber meine Entscheidung ist gefallen. Ist Lucca da? Ich habe mich in Ihren Jüngsten verliebt.« Von dem Tag an hatte ich etwas Eigenes, etwas, das ich nicht mehr mit Jan, Chris und Moritz teilte. Evas Liebe gehörte nur mir. Im Laufe unserer Beziehung wandelte sich mein Viertel zu einem stabilen Ganzen.

(Erstveröffentlichung in der Literaturzeitschrift etcetera – Literatur und soweit, Nr. 40/2010 zum Thema Viertel)

Getränkeleergutautomat

»Mama, darf ich die Flaschen in den Apparat einwerfen?«, fragt eine blonde Dreijährige, die geschickt mit ihren kleinen Kinderhänden die Prinzessin Lillyfee Haarspange neu in ihren Locken befestigt.

Die Mutter hat die erste Leergutflasche in den Schlund des Pfandautomaten beim Discounter hineingeschoben. Das Gerät sendet ein schreckliches piependes Geräusch aus.

»Oh! Mama hat die Flasche falsch herum hineingesteckt. Du musst immer den Boden der Flasche zuerst hineinschieben«, belehrt sie ihre Tochter. Für mich hört es sich an, als hätte diese den Fehler begangen.

Mein Blick fällt auf die großen Plastiktaschen, die übervoll mit leeren Getränkeflaschen gefüllt sind. In der Einkaufstasche, die an meinem Handgelenk baumelt, liegen nur sechs Plastikflaschen und warten darauf, recycelt zu werden. Ich schaue nach links. Dort in der Wand ist ein zweiter Pfandautomat installiert. Wie immer werde ich mit Murphys Gesetz konfrontiert. Große rote gekreuzte Klebestreifen zeigen an, dass das Gerät außer Betrieb ist. Die Mutter hat ihre Entscheidung getroffen. Sie erlaubt ihrer Tochter die Flaschen zu entsorgen. Sie überreicht ihr eine leere Getränkeflasche, greift der Kleinen von hinten unter die Arme und hebt sie an.

»Jetzt, rein damit«, ruft sie und hält ihre Prinzessin Lillyfee in Kopfhöhe und schaut auf ein grellpinkfarbenes T-Shirt. Sie kann nicht sehen, was ihre Tochter mit der Flasche macht. Auflösung gibt das ohrenbetäubende Geräusch, das zum zweiten Mal ertönt. Sie stellt das Kind wieder auf die pinkfarbenen Sandalen. Diese sehen nigelnagelneu aus. »Gib mir mal die Flasche, ich zeige dir, wie man das macht. Pass gut auf.« Sie nimmt eine blaue Mineralwasserflasche in die Hand, steckt sie in den Schlund mit dem Boden zuerst, und diese verschwindet im Nirgendwo.

»Jetzt ich wieder«, sagt das Mädchen. Die Mutter drückt ihrer Tochter abermals eine leere PET-Flasche in die Hand. Sie greift wieder von hinten unter die Arme der Kleinen und hebt sie an. Diesmal ertönt kein Warnsignal aus dem Innern des Automaten. Nur der mahlende knirschende Ton, der entsteht, wenn Pfandflaschen geschreddert werden, erfüllt die Leergutannahmestelle.

Dieser Vorgang wiederholt sich mehrfach. Flasche überreichen, Kind anheben, Flasche hineinstecken, Kind absetzen. Zwei weitere Male ertönt die Sirene und die Mutter muss den Leerguteinwurf korrigieren. Dann braucht sie eine Pause.

Sie sieht mich an und bemerkt, dass ich sie beobachte, und sagt: »Das ist ja wie im Fitnessstudio, schweißtreibend und anstrengend.«

Meine Überlegung ist, die sechs Flaschen wieder ins Auto zu stellen und bei dem nächsten Einkauf das Leergut zu entsorgen. Doch ich entscheide mich dagegen.

Die Frau setzt ihre sportliche Betätigung fort und stemmt weitere zwölfmal ihre Tochter hoch. Dann erklingt das erlösende Geräusch. In den Tiefen des Leergutrücknahmeautomaten wird ein Bon gedruckt und wenige Sekunden später reckt sich der Zettel aus einem Schlitz der Mutter entgegen.

Diese Flaschenentsorgung, die bei einem Erwachsenen pro Objekt nur wenige Sekunden dauert, zieht sich in die Länge. Wenn ja nicht so schönes Wetter wäre und ich so gute Laune hätte und ich mir nicht vorgenommen hätte, mich heute durch nichts aus der Ruhe bringen zu lassen, dann hätte ich mich sicher schon aufgeregt. Aber ich bleibe völlig entspannt. Außerdem ist das Sammeln von Beobachtungen eine gute Basis fürs Geschichtenschreiben. So nutze ich diese Wartezeit positiv.

»Mama, darf ich den tragen?«, fragt Prinzessin Lillyfee. Die Mutter überreicht ihr den Bon. »Schön darauf aufpassen,« sagt sie, »dafür bekommen wir fünf Euro. Du darfst dir für deine Hilfe gleich etwas Süßes aussuchen.«

Ich halte meine erste Plastikflasche in der Hand, bin bereit, sie zu recyceln, als mich ein junger Mann über die Schulter anspricht.

»Kann ich vor, ich hab nur zwei Flaschen?«

Ich zögere, ziehe meinen Arm wieder zurück. »Ja, warum nicht, dauert ja nicht so lange bei Ihnen«, vermute ich.

Der Mann tritt vor. Mich umgibt sofort eine unangenehme Dunstglocke nach kaltem Zigarettenrauch und Alkohol. Neben ihm steht ein kleiner Junge. Er wird auch drei Jahre alt sein. Mit großen braunen Augen schaut er zu seinem Vater hoch und fragt: »Papa, darf ich auch die Flaschen da reinstecken?«

»Nee, da kommst du nicht dran«, sagt er, und zwei Bierflaschen verschwinden nacheinander im Automaten.

Ich schiebe meinen Einkaufswagen durch die Regalgänge. Prinzessin Lillyfee mit Mutter kreuzt meinen Weg. Diese thront im Kindersitz des fahrbaren Warenkorbs und hält triumphierend eine Süßigkeit in den Händen.

Ich stehe an der Kasse drei an. Vater und Sohn schreiten am Getränkeregal entlang auf die Nachbarkasse zu. Der Mann mit riesigen Schritten, der Kleine tippelt hinterher. Die einzige Ware, die er auf das Band legt und die zur Kassiererin transportiert wird, sind zwei Flaschen Bier und der Leergutbon.

(Erstveröffentlichung in der Anthologie: Best of Wort-Café, Siegertext Bühne Essen Juni 2013)

Die Kulitröster

Die Tür fiel ins Schloss. Ein winziger Lichtstrahl drang durch den Ritz zwischen Türblatt und Teppichboden. Die Schritte entfernten sich, ein Klick und völlige Dunkelheit beherrschte den Raum.

Die beiden schlanken Bleistifte, die kerzengerade und hervorragend angespitzt, in Erwartung ihrer morgigen Einsatzmöglichkeit, in ihrem Köcher standen, schmiegten sich aneinander. Hinter ihnen lag ein aufregender Arbeitstag. Der Größere der beiden brüstete sich damit, dass heute mit ihm einige Korrekturen vorgenommen wurden, die von ungeheurer Wichtigkeit waren. Der Kleinere streckte sich und erzählte, dass er mehrmals am Tag genutzt wurde und die fantastische Zeichnung ermöglicht hatte, die sicherlich bald von Liebhabern bestaunt werden würde.

»Das hat dich aber ein Stück deiner Größe und damit deiner Lebenszeit gekostet«, merkte der lange graue Bleistift an, der über und über mit kleinen schwarzen Noppen versehen war, um seine Griffigkeit zu garantieren. Während sich die Schreibgeräte von ihren Tageserlebnissen und Erfolgen erzählten und die Radiergummis sich rühmten, einige der Bleistiftworte spurlos eliminiert zu haben, vernahmen alle Schreibutensilien das herzzerreißende Stöhnen eines Kugelschreibers.

Die ganze Mannschaft hatte ihn nie sonderlich beachtet. Er kam irgendwann zu ihnen, stellte sich gleich vom ersten Tag an abseits an den Köcherrand. Er war kein tolles Modell, nicht eines von diesen edlen Schreibgeräten aus Sterling-Silber mit Ebenholzgriff, die sich auf ihre noble Herkunft etwas einbildeten und sich angewidert umsahen, wenn ihr Eigentümer sie schnell beiseitelegte und sie irrtümlich nicht in die weich gepolsterte Stifte-Schale ablegte, sondern in den Sammelbecher stellte. Zu der Klasse der Kugelschreiber, die von minderer Qualität sich mit einem Super-Logo schmückten, gehörte er auch nicht. Er konnte nicht mit dem Firmenaufdruck von Porsche oder Mercedes aufwarten und damit über seine Minderwertigkeit hinwegtäuschen.

Er zählte aber auch nicht zu den Aufschneidern, die mit Logos der Deutschen Bank oder der Sparkasse suggerierten, dass sie sich nie verrechnen würden, und wenn doch nur zum Vorteil ihres Benutzers. Er war nur ein mickriger farbloser schmaler Kuli, den niemand bisher beachtet hatte. Er hatte sich so sehr auf ein Leben außerhalb der Massenlagerung gefreut. Aber seine Erwartungen wurden nicht erfüllt. Sein neuer Chef hatte bisher kein einziges Mal nach ihm gegriffen. Immer drängte sich dieser rotdurchsichtige futuristische dicke Kuli in den Vordergrund. Er war dem Tisch eines Designers entsprungen. Der unscheinbare einsame Kuli hatte in seinem bisherigen Leben nur die zarten weichen Finger eines kleinen chinesischen Mädchens gespürt. Sie hatte ihn aufmerksam zusammengesetzt.

»Was ist los? Können wir dir helfen?«, frage der noppige Stift.

»Warum stöhnst du? Du hast doch wohl keinen Grund zu stöhnen. Du hast dich heute, wie jeden Tag, nur ausgeruht. Niemand hat auch nur das Geringste von dir verlangt. Also, shut up!"«, antwortete ein dritter Bleistift der ummantelt mit Zedernholz, einem Radiergummi mit einer Ferrule an seinem Kopf befestigt, sich seiner englischen Sprache erinnerte.

Wenn der Kuli seine Trauer durch Tränen hätte ausdrücken können, dann wären jetzt dicke Tropfen an ihm heruntergelaufen.

»Ihr könntet euch gar nicht vorstellen, wie es ist, nicht ein einziges Mal dieses Behältnis verlassen zu dürfen. Es ist schrecklich, nie die warme Hand eines Schreibenden zu spüren. Ich möchte auch weich über ein jungfräuliches Blatt gleiten, die Geschichten aufnehmen, verinnerlichen. Ich wäre so gerne einer von euch.«

Es herrschte betretenes Schweigen.

»Wir dachten, du verstehst dich, zu drücken und hast keine Lust auf Arbeit«, mischte sich der Anspitzer ein. Der englische Bleistift hüpfte auf seinem Radiergummi etwas näher an den traurigen Kuli heran.

»Hör auf zu stöhnen, wir werden uns solidarisieren, wir schaffen das, dass auch du zum Einsatz kommst. Du wirst die Gelegenheit bekommen, dich zu beweisen. Dann ändert sich sicherlich etwas für dich. Lass uns nur machen.«

»Ich bin auch dabei«, rief der Füller, »das ist doch Ehrensache.«

In dieser Nacht konnte der Kuli kaum schlafen. Er hatte plötzlich das Gefühl dazuzugehören. Es war ihm bereits Trost, dass seine Umwelt ihn wahrgenommen hatte. Und jetzt wollten sie sich sogar für ihn einsetzen.

Die Neonröhren flackerten, bis sie sich entschieden hatten zu strahlen oder doch lieber den Dienst zu versagen. Der Chef hatte seine Jacke noch nicht ausgezogen und schlug bereits seinen Terminkalender auf. Damit verbunden war gleichzeitig der Griff in den Köcher nach einem Stift. Der rotdurchsichtige lag auf seinen Fingern. Der

Daumen seiner rechten Hand drückte mehrmals auf den Knopf an seinem oberen Ende. Der moderne Stift musste viel Kraft aufwenden, um seine inneren Federn starr zu halten, um so zu verhindern, dass seine Schreibspitze sich zeigte. »Verdammt! Was funktioniert hier eigentlich?«, rief der Chef und seine so supergute Laune, die er beim Betreten des Büros hatte, schien sich zu verflüchtigen. Die zarte Melodie, die er vor sich hingesummt hatte, verstummte.

Unsanft stellte er den Stift in den Becher zurück und griff als Nächstes den langen Bleistift, weil er eine so herausragende Position hatte. Seine Spitze wurde auf dem Tischkalender in der Spalte: Donnerstag, vierzehnter Februar, angesetzt. Durch Konzentration und mentale Stärke hatte der Bleistift es geschafft, den feinen Haarriss, den er am Vortag bereits verspürt hatte, zu vergrößern, und die Spitze seiner Miene brach ab. Er fiel achtlos auf den Tisch.

Der Chef fingerte im Köcher herum und jetzt lag der schlanke, unscheinbare Kuli in seiner Hand. Ein Druck auf den Knopf und die Mine schnellte hervor. Die ganze Nacht hatte der Kugelschreiber versucht, seine Schreibflüssigkeit geschmeidig zu halten. Die Anstrengungen hatten sich gelohnt. Er glitt sacht über das weiße Stück Papier. Er konnte sein Glück kaum fassen, sich unter Beweis stellen zu dürfen. Als er realisierte, welche Worte er geschrieben hatte, wäre er vor Stolz fast geplatzt. Sein Chef würde heiraten und ihm wurde die Ehre zuteil, diese Information in den Kalender geschrieben zu haben. Er formte mit ihm sogar ein Herz. Der Chef betrachtete den einfachen Stift, sichtlich erstaunt über seine hervorragende Qualität und blickte zufrieden auf den Kalendereintrag. Dann ließ er sanft den Kuli in die Brusttasche seines Jacketts gleiten.

(Erstveröffentlichung in der Anthologie: Best of Wort-Café, Siegertext, Bühne Dortmund Dezember 2011)

Ein Moment an der Supermarktkasse

Eine schrille, kreischende Stimme lockte mich auf den Balkon. Schnell stellte ich fest, dass ich nicht die Einzige war, die in die laue Sommerluft trat und erschrocken lauschte. Und wieder erklang ein Schrei, begleitet von einem verzweifelten Hilferuf. Die Quelle des Unfassbaren entdeckte ich sofort. Durch die offene Balkontür des schräg gegenüberliegenden Nachbarbalkons sah ich einen muskulösen Männerarm, der eine Bewegung beschrieb, die nur von einem auf dem Boden knienden Mann ausgeführt werden konnte. Der nackte Arm, dessen Hand sich zur Faust geballt hatte, sauste nieder. Ich hörte die erstickten Laute einer Frau. Mehr sah ich nicht, aber was ich hörte, reichte aus. Aufgeregt rannte ich in meine Wohnung, griff nach meinem Handy und wählte die Nummer der Polizei. Hysterisch bat ich um Hilfe. Ich hoffte, die Dringlichkeit des Polizeieinsatzes deutlich gemacht zu haben.

»Da, jetzt bekommst du, was du verdienst. Das ist es doch, was du willst,« schrie eine Männerstimme. Der Arm des Schlägers hob sich wieder und wieder. Im Treffmoment erschauderte ich und schloss kurzzeitig die Augen. »Hören Sie auf«, brüllte ich.

Jetzt hielt die erhobene Hand eine Bierflasche, und die gelbliche Flüssigkeit lief langsam aus dem Flaschenhals, sicherlich nicht nur auf den Boden, sondern auch auf das darunter liegende Opfer. Ich war mir sicher, dass es eine Frau war. Als zwei Uniformierte auf dem gegenüberliegenden Balkon erschienen, atmete ich auf.

»Frau Bolberg, bitte zu Kasse eins, Frau Bolberg bitte«, erklang es aus den Lautsprechern des Supermarktes, an dessen erster Kasse ich in der Schlange stand und wartete. Wie immer hatte ich mich mit absoluter Zielsicherheit dort angestellt, wo es am längsten dauerte, weil alle Einkaufswagen übervoll waren oder an der etwas Unvorhersehbares passieren würde. Murphys Gesetzmäßigkeit schien ich dauerhaft abonniert zu haben. Zum Warten verurteilt, beobachtete ich meine Umgebung. Die Dame, die hinter mir stand, kannte ich. Wir sahen uns einen Moment lang an. Ich grüßte mit einem freundlichen Kopfnicken. Sie senkte ihre Augen, hielt meinem Blick nicht stand. Ich hatte das Gefühl, es war ihr unangenehm, mich hier zu treffen. Sie zupfte an ihren Ärmeln, zog diese über die halbe Hand. Mir war nicht entgangen, dass sie die blauen Flecken vor meinen Beobachtungen verbarg. Sie fasste an ihren Hals, rückte das Halstuch zurecht, aber auch dort blitzten die blaugrünen Hautverfärbungen hervor. Und dann hielt ich den Atem an und traute meinen Augen nicht. Der muskulöse Arm, der aus ihrem Einkaufswagen ein Sixpack Bier auf das Kassenband hievte, kam mir bekannt vor. Den Arm würde ich so schnell nicht vergessen.

Stelle frei

Unschlüssig stand ich vor dem weißgestrichenen mannshohen Gartentor. Auf beiden Seiten schloss sich eine Mauer an. Auch sie ließ keinen Blick in den dahinterliegenden Garten zu. Hohe Bäume und Sträucher drängten sich eng aneinander und säumten wie ein Schutzwall das Anwesen.

Zweimal hatte ich meine Hand erhoben, um auf den Klingelknopf zu drücken, sie aber jedes Mal wieder zurückgezogen. Ich hatte das Gefühl beobachtet zu werden. Ob über mir in den Baumkronen eine Kamera hing und den Eingangsbereich filmte?

Zwischen der Sprechanlage und dem Briefkasten entdeckte ich ein unfachmännisch angeschraubtes Emailleschild. Die Schrauben in den vier Ecken zur Befestigung waren stark angezogen worden, zu stark, denn der weiße Emaillebelag war abgeplatzt.

In schnörkeliger schwarzer Schrift las ich: Hier wohnen Manuela, Paul und Eduardo Müller-Liebling.

Okay, dachte ich. Drei Personen sind hier zuhause. Einen Rückschluss auf die Namen der einzelnen Mitglieder dieser Familie konnte ich nicht ziehen. Unsere Namensgesetzgebung lässt eine Menge Spielraum für Spekulationen. Am wahrscheinlichsten erschien mir, dass hier Paul Müller wohnte und seine Frau Manuela Müller-Liebling. Sie hatte sicher ihren Mädchennamen beibehalten wollen. Und Eduardo war der Sohn. Den Kindern alte Vornamen zu geben, war seit einigen Jahren wieder modern. Und wenn sie zusätzlich Portugalfans sind, überlegte ich, dann macht der Name Sinn. Gut, dass sie ihn nicht Ronaldo genannt haben.

Ich nahm Haltung an und drückte meinen Zeigefinger der rechten Hand auf den Klingelknopf. Ob man mich wahrgenommen hatte, ich wusste es nicht, denn es passierte nichts. Ich schellte ein weiteres Mal. Es knisterte in der Sprechanlage.

»Ja, bitte. Wer ist da?«, hörte ich.

»Mein Name ist Inge Pollmann, ich komme wegen der Anzeige im Stadtspiegel, in der sie eine Haushaltshilfe suchen.«

Das Knistern und Krachen in der Leitung hatte sich beruhigt. Jetzt hörte ich ein langgezogenes Schniefen, mehrmals hintereinander. Es lief mir eiskalt den Rücken herunter. Ich hatte das Gefühl, als atme mir gerade jemand direkt ins Ohr. Stille folgte. Zögernd hob ich dennoch erneut meine Hand und zielte mit dem Finger auf den Klingelknopf.

»Zweimal ist schon einmal zu viel. Sie brauchen nicht ein drittes Mal schellen«, sagte die Männerstimme. Also wurde ich doch gefilmt. Wer weiß, wie lange mich Paul Müller, der Hausherr, bereits beobachtet hat, dachte ich.

»Ich werde Ihnen jetzt das Tor öffnen. Bitte passen sie auf, dass Eduardo nicht den Garten verlässt.«

Ich wartete. Wieder passierte nichts.

»Haben Sie mich verstanden? Treten Sie ein und schließen Sie das Tor hinter sich.«

»Ja, verstanden«, antwortete ich. Ich bin ja nicht blöd, nuschelte ich.

Ein leises Klicken signalisierte mir, dass das Tor sich hinter mir geschlossen hatte. Trotzdem zog ich noch einmal an dem Knauf und vergewisserte mich.

Ich stand auf einem Kiesweg, der sich bis zu der breiten Treppenanlage ausdehnte. Ein hochherrschaftliches Anwesen.

Gepflegter Rasen, akkurat bepflanzte Blumenbeete. Ich blieb stehen, atmete tief ein und genoss den Anblick. Ein unangenehmes sabberndes Geräusch ließ mich erschaudern. Ich drehte mich um. Vor mir stand eine riesige Dänische Dogge. Wir fixierten uns, Sie spielte mit mir das Spiel: Wer zuerst zuckt, hat verloren. Ich wagte mich nicht zu rühren. Meine Hände wurden feucht. Einen Hund als Haustier hatte ich mir immer schon gewünscht. Aber dieses riesige Tier, das einem Zwerg-Pony gleichkam, erzeugte bei mir ein Angstgefühl. Das faltige Gesicht, die großen braunen Augen hatten durchaus etwas Gefälliges, doch die Lefzen und die lange rosafarbene Zunge, die seitlich aus dem Maul heraushing und leicht vibrierte, irritierten mich. Der Hund hatte Ausdauer. Aber wie es schien, langweilte es ihn, mir weiter seine Aufmerksamkeit zu schenken. Hatte ich das Spiel jetzt gewonnen? Er legte sich ab und hechelte heftigst. Ich trat einen Schritt zurück, der Hund stand auf, kam auf mich zu. Mir blieb das Herz stehen, denn er stellte sich auf seine Hinterpfoten und sprang an mir hoch. Ich kniff meine Augenlider zusammen. Kam mir vor wie ein Kindergartenkind, das die Augen schließt, in der Annahme, dann nicht gesehen zu werden. Seine dicken Pranken legte dieses Viech auf meinen Schultern ab. Ich roch seinen stinkenden Atem und musste würgen.

»Geh weg«, sagte ich leise. »Bitte geh weg. Platz!«, befahl ich ihm.

Panik mache sich in mir breit. Der Riesenköter ließ von mir ab. Und als ich die Augen öffnete, lag er auf dem Kiesweg. Er hatte ganz brav Platz gemacht.

Vorsichtig griff ich in meine Jackentasche und fingerte nach meinem Handy. Die Nummer, die in der Stellenanzeige angegeben war, hatte ich eingespeichert. Ich wählte.

»Inge Pollmann«, flüsterte ich. »Ich bin jetzt im Garten, aber leider versperrt mir Ihr Hund den Zugang zum Haus.« Mit einem breiten Grinsen auf dem Gesicht erschien auf der obersten Treppenstufe ein älterer Herr.

»Eduardo«, rief er. »Bei Fuß.« Der Hund sprang auf und der Boden bebte, als der massige Körper losrannte.

»Sie können näher treten.« rief der Hausherr. »Den ersten Einstellungstest haben Sie erfolgreich absolviert.«

Als wir uns Visavis standen, bekam Eduardo eine weitere Anweisung. »Eduardo, ab in dein Häuschen. Arrivederci!«, lautete der Befehl. Eduardo trabte los und verschwand in seiner Hundehütte, die einem Gartenhäuschen gleichkam.

Ich reichte dem älteren Herrn meine Hand.

»Pollmann, Inge Pollmann«, stellte ich mich vor.

»Paul Müller-Liebling, angenehm«, sagte er. Ich stutzte und er bemerkte es.

»Ich habe, wenn Sie so wollen, meinen 'Mädchennamen' angehängt«, sagte er und grinste.

»Ich dachte, Eduardo sei eine dänische Dogge«, bemerkte ich. »Oder ist es eine italienische Dogge?«

Herr Müller-Liebling führte mich in den Wintergarten. Seine Frau, Frau Müller, betrat leise auf Ringelsöckchen den Raum und stellte ein Tablett mit Kaffee und Keksen auf den Tisch.

»Welchen Einstellungstest habe ich bereits bestanden?«, fragte ich.

»Na, so taff wie Sie unserem Eduardo begegnet sind, hat sich bisher keine Ihrer Mitbewerberinnen verhalten und Sie sind immerhin die siebte.«

Ich erfuhr, dass Eduardos Lieblingswort Arrivederci war und er sich immer trottete, wenn er das Wort hörte. »Und wenn er mal keine Lust hat, zu folgen, dann rufen sie einfach Bye, Bye, dann geht er auch in seine Hütte.« Ungläubig sah ich den Hausherren an. »Wissen Sie«, antwortete dieser, »Eduardo ist wie eine Alarmanlage. Sollte jemand hier einbrechen wollen oder das Anwesen betreten, dann funktioniert er wie eine Alarmanlage. Sie müssten mal hören, was für eine Stimme der Gute hat. Und abstellen kann man diesen Alarm nur, wenn man die beiden Code-Worte kennt.«

Verlegen und gleichzeitig stolz auf die geniale Idee, Eduardo so abgerichtet zu haben, strich sich Herr Müller-Liebling über seine Haare. Er lehnte sich in seinem Sessel zurück und schien das Lob, das ich ihm zollte, zu genießen. In meinen Fokus traten seine Reingelsöckchen. Ein witziges Pärchen, dachte ich.

»Sie haben die Stelle«, sagte Herr Müller-Liebling. »Eduardo wird Sie mögen.«

»Ach und noch was«, rief mein neuer Arbeitgeber hinter mir her, als ich mich später verabschiedete. »Bitte benutzen Sie keinen roten Regenschirm. Eduardo reagiert meistens sehr allergisch darauf und dann hilft auch kein Arrivederci und kein Bye Bye.«

Nur der Mond war Zeuge

Ein arbeitsreicher Tag lag hinter mir. Überlegungen, mich lieber nicht müde ans Steuer zu setzen, hatte ich verworfen. Ich kochte mir einen starken Kaffee und nach einer ausgiebigen Dusche fühlte ich mich wieder fit. Das Ruhrgebiet mit seinen obligatorischen Staus am späten Nachmittag lag hinter mir. Die Abenddämmerung setzte ein. Mit relativ konstanter Geschwindigkeit rollte ich über die Autobahn. Die untergehende Sonne traf mich mit geballtem Licht und verschwand wie in Zeitlupe hinter den Hügeln. Der azurblaue Himmel veränderte sich und nahm eine orange- bis lilafarbene Tönung an. Die Luft war klar. Die Farben unverfälscht und intensiv. Nicht der zarteste Wolkenschleier verwischte sie. Die blaue Stunde ging langsam in Dunkelheit über.

Kurze Zeit später hoben sich schemenhaft Weinberge von dem Nachthimmel ab. Ein Netz aus Lichtern legte sich auf die seicht ansteigenden, mit Weinreben kultivierten Hänge. Flüchtig, aus dem Augenwinkel, entdeckte ich die Konturen einer Burg. Die zweispurige, sich dahinschlängelnde Straße forderte meine ganze Aufmerksamkeit. Kein Mittelstreifen, keine Randbefestigung. Ich riskierte wieder einen Blick Richtung Burg, nahm wahr, dass der Turm angestrahlt wurde. Meine Augen hatten sich an die veränderten Lichtverhältnisse gewöhnt. Nur vereinzelte Autos mit aufdringlichen Scheinwerfern blendeten mich. Der Verkehr wurde weniger und kurze Zeit später hatte ich das Gefühl, allein unterwegs zu sein. Ich fuhr in eine Dunkelheit hinein, die nur von den Scheinwerferkegeln meines Autos durchbrochen wurde. Und dann war da noch das kleine bunte

Rechteck des Navigationsgerätes und das diffuse orangefarbene Licht der Armaturenbrettbeleuchtung. Ich fragte mich, ob ich immer noch auf dem richtigen Weg war, zweifelte an dem blinden Vertrauen, das ich meiner, für die Fahrtroute zuständigen Susi, entgegenbrachte. Ich hatte schon lange kein Verkehrsschild mehr gesehen und an ein Ortsschild erinnerte ich mich nicht. Als ob das Navi meine Zweifel verstand, gab es mir genau in dem Moment eine Anweisung: »Nach 150 Metern bitte wenden.«

Nein, entschied ich. Wenden werde ich auf gar keinen Fall. Ich habe nicht die leiseste Ahnung, wo ich bin, warum sollte ich da die Fahrtrichtung umkehren? Nur weil eine lispelnde Frauenstimme mich dazu aufforderte?

Einen Abzweig verpasst hatte ich nicht. Da war ich mir sicher. Möglich, dass es an irgendeiner Stelle eine neue Straßenführung gab, und die Daten im Navigationsgerät nicht aktuell waren. Ich werde solange geradeaus fahren, bis ich einen Hinweis entdecke, der mir meinen Standort erklärt. Eine Stadt, ein Dorf, irgendein Anzeichen von Zivilisation wird es doch in dieser verdammten Gegend geben. Am besten würde sein, ich überprüfte noch einmal die Zieleingabe, damit ich sicher sein konnte, die richtige Adresse meines Hotels anzufahren.

In der Ferne sah ich einen Hinweis auf einen Parkplatz. Noch hundert Meter. Ich setzte den Blinker und verließ die Straße. Jetzt lenkte ich meinen Wagen auf einen schmalen Fahrstreifen zwischen Gestrüpp auf der linken Seite und Wald auf der rechten. Neben überquellenden Mülleimern eines Picknickareals stellte ich meinen Wagen ab. Bei laufendem Motor friemelte ich das Navigationsgerät aus der Halterung, bereit, die Adresse zu überprüfen. Ich lauschte, schaute aus dem Fenster, versuchte etwas zu erkennen. Ein unangenehmes Gefühl beschlich mich. War ich alleine auf diesem Parkplatz? Anzeichen für andere Verkehrsteilnehmer entdeckte ich keine. Verbarg sich da jemand in der Dunkelheit? Ich stellte den Motor ab. Die Scheinwerfer erloschen in dem Moment, in dem ich den Zündschlüssel aus dem Schloss zog. Das Display des Navigationsgerätes wurde durch die unterbrochene Stromzufuhr dunkel. Stille und schwarze Nacht hüllten mich ein.

Und dann sah ich ihn. Groß. Rund. Platinweiß präsentierte sich mir der Mond. Er warf sein zartes, kaltes Licht durch die Ansammlung schlanker astloser Baumstämme. Das Mondlicht drang in mein Auto und die Umgebung sah unwirklich aus. Ich fröstelte. Wieso entdeckte ich den Mond erst jetzt? Hatte er mich nicht die ganze Zeit begleitet oder war er just in der Sekunde hinter den Wolken hervorgetreten, als ich mich der Schwärze der Nacht übergab? Aber wo waren die Wolken, die ihn abgedeckt hatten? Der Himmel war wolkenlos. Hatte die hügelige Landschaft ihn verborgen? Fasziniert starrte ich auf die riesige Mondscheibe, entdeckte Schattierungen. Eine seltsame Anziehungskraft schien auf mich zu wirken. Ich war nicht in der Lage, mich seinem Anblick zu entziehen. In diesem Moment waren da nur der Mond und ich.

Meine Gedanken trugen mich zu meiner Oma.

»Der Mond und ich, wir haben ein Geheimnis«, hatte sie oft geflüstert und mich dabei ernst angesehen. Manchmal hatte sie Dinge gesagt, die mir Angst gemacht hatten. Wenn ich neben ihr in dem großen Ehebett lag, weil meine Eltern ausgingen und ich bei ihr schlafen durfte, erzählte sie mir, dass der Mond dunkle Gestalten der Nacht aus den Ecken hervorrief. Lichtscheues Gesindel nannte sie diese Figuren, die ihre Schatten an die Schlafzimmerwand warfen. Ich traute mich nicht, aufzustehen und ins Bad zu gehen, weil ich dann die Dachluke im Flur passieren musste. Dort oben wohnte so ein schwarzes Wesen. Und kurz vor der Toilettentür riskierte ich, dass die langen Finger der Schatten nach mir griffen.

Ich quälte sie mit Fragen. Ich wollte unbedingt hinter dieses Geheimnis kommen. Manchmal habe ich sie regelrecht angebettelt, es mir zu verraten. Aber sie hat mich nie eingeweiht.

»Dann ist es ja kein Geheimnis mehr«, hatte sie geantwortet. »Und außerdem habe ich deiner Mutter versprochen, dir keine Angst zu machen.« Sie erreichte das Gegenteil.

Ich billigte dem Mond nicht einmal mehr eine Spur Romantik zu. Die gruselige Seite war mir seit der Zeit stets gegenwärtig.

Der Mond auf diesem Parkplatz, der mich ins Visier nahm, war unheimlich. Er wirkte bedrohlich, allein durch seine Nähe. Ich hatte das Gefühl, nur meine Hand nach ihm ausstrecken zu müssen, um ihn zu berühren. Ein Schauer lief mir über den Rücken. Warum riefen die Dunkelheit und diese außergewöhnliche Position des Mondes bei mir Ängste hervor? Ich gehöre generationsbedingt zu den Menschen, die von ihren Großeltern stets mit Schauermärchen zur Folgsamkeit erzogen wurden. Dass sie bei mir ganze Arbeit geleistet hatten, spiegelte sich im Hier und Jetzt in meinen Gedanken. Ich sah zarte Schatten. Das Mondlicht warf Schatten. Und sie bewegten sich. Durch die Frontscheibe meines Autos starrte ich gebannt in eine Dunkelheit, die sich in Nuancen veränderte. Ich konnte zwar nicht erkennen, wer oder was sich vor meinem Wagen bewegte, aber eines wurde mir schlagartig klar: Ich war doch nicht alleine auf diesem Parkplatz. Ich nahm meinen Herzschlag wahr und die Atemfrequenz erhöhte sich. Ich ballte die rechte Hand zur Faust und schlug mit Wucht auf die Stelle des Armaturenbrettes, wo der Knopf für die Zentralverriegelung sitzen musste. Das Knacken in den Türschlössern drang extrem laut an meine Ohren und bereitete für einige Minuten das Gefühl von Sicherheit. Ich wurde wieder entspannter, lehnte mich in den Autositz hinein, schloss die Augen und atmete tief ein und aus. Aus dieser Entspannungsphase riefen mich Geräusche in die Wirklichkeit zurück. Direkt neben meinem Kopf hörte ich ein leises Klopfen. Ich traute mich nicht, zur Seite zu schauen, und verkrampfte mich, hielt das Lenkrad umklammert, dass mir die Finger schmerzten. Es stand jemand neben meinem Fahrzeug. Da war ich mir sicher. In welches Gesicht würde ich gleich blicken, wenn ich mich zur Seite drehte? Schaurige Masken und verzerrte Horrorfratzen hielten mich gefangen.

»Machen Sie mal kurz die Scheibe runter. Warum verbarrikadieren Sie sich so? Ich kann Sie nicht verstehen. Sie scheinen ja mächtig Angst zu haben«, hörte ich gedämpft von außen.

Geh weg und lass mich in Ruhe, dachte ich.

»Was ist? Ich beiße nicht.«

»Gehen Sie weg, ich brauche keine Hilfe«, brüllte ich und erschrak vor der Lautstärke meines eigenen Ausdrucks.

»Na, komm schon!«, sagte die männliche Stimme. »Steig

aus, zick hier nicht rum!«

Oh Gott, nein. Ich muss hier weg, sofort. Meine Hände zitterten. Ich griff nach dem Autoschlüssel, tastete die Stelle am Lenkrad ab, an der er im Schloss stecken musste. Aber da war nichts. Wo war dieser verdammte Schlüssel? Auf dem Beifahrersitz. Ich legte immer alles dort ab. Aber den Schlüssel ertastete ich nicht. Meine Handtasche. Ich öffnete sie, berührte viele Gegenstände. Aber den weichen Kunststoffüberzug, in der mein Schlüssel steckte, eben aus dem Grund, dass ich ihn in der Dunkelheit in den unergründlichen Tiefen dieser Tasche besser würde ertasten können, bekam ich nicht zwischen die Finger. Die Deckenbeleuchtung anzuschalten, traute ich mich nicht. Dann würde derjenige, der draußen stand, mich zu deutlich sehen. Es änderte zwar nichts an der Situation, aber ich würde ihm meine Angst wie auf einem Silbertablett präsentieren. Ich vernahm ein leises Pochen an der Heckscheibe des Autos, ebenso an der Scheibe hinten auf der Beifahrerseite.

Der Mond und ich wir haben ein Geheimnis. Der Mond und ich wir haben ein Geheimnis. Der Mond und ich wir haben ein Geheimnis. Eines Mantras gleich versuchte ich, mich zu beruhigen und positive Gedanken zu fassen. Doch die Geräusche umzingelten mich. Wesen mit Fratzen verzerrten Gesichtern kreisten mich ein, stellten mich ins Zentrum ihres grässlichen Zeitvertreibs. Aus der Ferne sah ich Scheinwerfer auf mich zukommen. Aber der Funke Hoffnung erlosch, in dem Moment, in dem das Fernlicht des Autos mich passiert hatte und ich im Rückspiegel die roten Rückleuchten in der Dunkelheit verschwinden sah. Raus aus dem Fokus des Grauens war mein einziger Gedanke. Die Ausweglosigkeit trieb mir die Tränen in die Augen.

Meine Realität schnürte mir die Kehle zu, nahm mir die Luft zum Atmen. Die kratzenden Geräusche am Türschloss. Die Zentralverriegelung, bedeutete nur oberflächliche Sicherheit. Binnen Sekunden würde derjenige, der ein passendes Werkzeug besaß, meinen faradayschen Käfig öffnen. Inständig hoffte ich, zu träumen oder auf der Stelle in Ohnmacht zu fallen, um das Abscheuliche, was mich jetzt erwarten würde, nicht in meine Gedanken und Erinnerungen einfließen zu lassen. Ich schrie. Aber meine Stimme hörte ich nicht. NEIN erfüllte meine Gedanken. Dann entfernte sich mein Bewusstsein von mir. Die tiefe Dunkelheit, die mich aufnahm, war schwärzer als jene, die mich umgab.

Das monotone Geräusch vorbeifahrender Autos weckte mich auf. Das goldene Licht der Sonne ließ mich blinzeln. Zusammengesunken und verkrümmt lag ich über dem Lenkrad meines Autos. Ich schaute auf einen mit Rasen bedeckten Randstreifen und eine asphaltierte Parkfläche inmitten von Wald und blühenden Sträuchern. Ich zündete meinen Wagen, war erstaunt darüber, dass der Schlüssel doch im Schloss steckte. Mit einem leisen Surren senkten sich die Seitenscheiben. Es traf mich angenehme morgendliche Frische. Die Vögel zwitscherten. Die Augen geschlossen horchte ich in mich hinein, konzentrierte mich auf meinen Körper. Wo war der Schmerz? Langsam richtete ich mich auf. Außer einem verspannten Rücken und lahmen Gliedern war da nichts Unangenehmes. Ich verließ das Auto, strich meine zerknitterte Kleidung glatt. Vorsichtig lief ich ein paar Schritte auf und ab, machte einige Kniebeugen. Aufmerksam beobachtete ich die Umgebung.
Die Nacht war wieder präsent. Die Gedanken daran ver-

drängten die Schönheit dieser frühen Morgenstunde. Ich versuchte, mich zu erinnern, was passiert war. Meine Erinnerungen ließen es nicht zu, eine logische Abfolge der Geschehnisse zu greifen. Ich strengte mich an, blieb aber immer an der Stelle hängen: Der Mond und ich wir haben ein Geheimnis. Okay. Es gibt eben Dinge zwischen Himmel und Erde, die bleiben uns immer verschlossen.

Jetzt hatten der Mond und ich auch ein Geheimnis, aber ob ich es geheinhalten würde, wusste ich im Moment nicht. Wenn meine Enkel mich später quälten, sie in mein Geheimnis mit dem Mond einzuweihen, vielleicht würde ich es lüften, überlegte ich. Die Preisgabe meines Erlebnisses mit diesem großen Himmelskörper würde meine Enkel davor bewahren, auf einsame dunkle Parkplätze zu fahren, wenn sie eine ähnliche blühende Phantasie begleitete wir mich.

In die Jahre gekommen

Dunkelheit hüllt den Raum ein. Der flackernde Feuerschein hat an Intensität verloren. Im großen Ohrensessel kauert eine Person, den starren Blick in die Reste der Glut gerichtet.

»Komm näher, mein Sohn. Schön, dass du deinen alten Vater mal wieder besuchst. Du kannst gleich ein paar Scheite auflegen. Mir wird kalt.«

Ein hochgewachsener junger Mann tritt an die Feuerstelle heran, bückt sich und türmt Holzscheite auf. Die Flammen greifen gierig danach.

»Du scheinst ja mächtig beschäftigt zu sein. Wenn ich so sehe, wie zielsicher du dein Imperium vergrößerst und vor allem kontrollierst.«

»Ja, Vater, da magst du recht haben. Die Aktien stehen gut. Das Geschäft mit der Angst läuft besser denn je.«

»Zu meiner Zeit …«

»Vater, es ist immer noch deine Zeit und es wird auch stets deine Zeit bleiben.«

»Sicher, ich weiß. Aber die Macht habe ich weitergegeben. Ich habe vertrauensvoll die Geschicke in deine Hände gelegt. Ich bin eben zu alt, zu verbraucht, nicht mehr motiviert genug. Und du verstehst das Geschäft. Bist ja mein Sohn.«

Stolz richtet sich der junge Mann auf und legt sanft seine Hand auf die Schulter des Vaters.

»Vater, du kannst es aber auch nicht lassen. Oder? Die kleinen Aktionen, die mir zu Ohren gekommen sind, tragen deine Handschrift.«

»Ich bin froh, dieser garstigen alten Hexe, die sich angeblich um mein Wohlergehen kümmert, einmal entwischt zu sein. Ich musste mal wieder spüren, wie sich Freiheit anfühlt.«

Ein Grinsen huscht über das Gesicht des Sohnes und im Feuerschein verlieren seine Züge die Härte und das markante Aussehen.

»Erzähl mir, was dich nach Berlin in den Grunewald geführt hat?«

»Mich zog es zum Teufelssee. Es ist schon ein erhabenes Gefühl, über die Teufelsseechaussee zu flanieren und auf den begrünten Berg zu schauen, der ebenfalls meinen Namen trägt. Die Wege am See sind zugewuchert. Die Natur erobert sich dort einen Teil zurück. Das Ufer ist an einigen Stellen kaum zugänglich. Diese Region ist kein Magnet für die Allgemeinheit.

Vereinzelte Jogger liefen über die ausgetretenen Pfade. Und der Nebelschleier, der sich wie eine Lage grauen Tülls über die Wasseroberfläche gelegt hatte, dämpfte jegliche Laute. Ich habe mir nur einen kleinen Spaß erlaubt und mich auf die sumpfige Uferböschung gekauert. Mit dem dezenten Gestöhne habe ich die kleine blonde Läuferin in Angst und Schrecken versetzt. Der panikartige Schrei, der ihrer Kehle entwich, klingt mir heute noch in den Ohren und beflügelt meine Fantasie stets erneut.«

Der Sohn zieht sich den zweiten Sessel näher an die Feuerstelle und nimmt Platz.

»Hast du dich in das Großstadtgetümmel der Hauptstadt gewagt?«

»Nein, das ist nicht mehr meine Welt. Außerdem blieb mir nur noch wenig Zeit. Dieses Weib, das sich meine Betreuerin schimpft, hätte mir das Leben zur Hölle gemacht, wenn ich nicht pünktlich zum Abendessen erschienen wäre.«

»Schade, Vater. Hättest du mich vor deiner Exkursion informiert, hätten wir uns in der Hauptstadt treffen können. Ich hatte in der Weihnachtszeit dort geschäftlich etwas zu erledigen. Erinnerst du dich an das Geschehen am Breitscheidplatz?« Der alte Mann nickt.

»Das war ich. Du glaubst ja gar nicht, wie leicht sich die Menschen manipulieren lassen.«

»Ich war froh, mich nach dem kleinen Abenteuer wieder in mein ländliches Domizil zurückziehen zu können. Hier fühle ich mich wohl. Schließlich habe ich hier auch meine Spuren hinterlassen und es bieten sich stets kleine Ausflüge, die einem alten Mann wie mir Spaß machen. In weltpolitische Geschehnisse greife ich nie wieder ein. Ich beschränke mich auf die beschauliche Idylle des Münsterlandes. Mythen, Schauergeschichten und Legenden sind in dieser Region zuhause und reichen mir als Basis, um Angst zu verbreiten. Erst neulich habe ich mich bei einem Spaziergang durch die Rekener Berge im Gebüsch versteckt und beobachtet, wie eine Gruppe Kindergartenkinder mit einer Leiterin an dem Ort Halt machten, an dem ich vor Jahren einmal eine Begegnung mit einem Schusterjungen hatte. Noch heute ärgere ich mich, dass ich auf das Gerede dieses kleinen Schlaumeiers hereingefallen bin.«

»Tja, Vater. Verzeih mir, aber wenn ich daran denke, wie du dich mit dem schweren Sack voll Steinen abgeschleppt hast, nur um einen Dom damit zu bewerfen, gestatte mir ein Schmunzeln.«

»Diese Gören fingen an, die Gesteinsbrocken zu zählen, wie alle diejenigen, die einen Ausflug zu meinen Steinen unternehmen. Merkt euch die Zahl, sagte dieses junge Mädchen, das die Kleinen beaufsichtigte. Wenn wir beim nächsten Mal hierherlaufen, werdet ihr feststellen, dass ein Stein fehlen wird.«

»Ich hab mich wieder einmal tierisch aufgeregt. Woher will diese blöde Gans wissen, wann es mir genehm ist, einen Stein mitzunehmen und wann nicht. Zuerst habe ich versucht, um der Frau eins auszuwischen, der Gruppe ein Mädchen zu entlocken. Ich habe all meinen großväterlichen Charme eingesetzt, um sie dazu zu bewegen, sich von ihren Freundinnen zu entfernen. Aber es hat nicht geklappt. Den Kleinen hatten Eltern und Erzieher sicher in das Bewusstsein eingemeißelt, nie mit einem fremden Mann mitzugehen, egal wie freundlich er zu ihnen ist.«

»Und, wie ging es weiter?«

»Ich habe mir zwei Steine unter den Arm geklemmt und sie mitgenommen. Wie viele Steine ich entwende, ist immer noch meine Entscheidung.« Trotzig legt der alte Mann den Kopf in den Nacken.

»Sind die Kinder denn wiedergekommen?«, fragt der Sohn, obwohl ihn diese kleinen rührseligen Abenteuererzählungen seines alten Vaters enorm langweilen. Er ist einfach nur froh, dass sich der betagte Herr zu beschäftigen weiß.

»Auf meinem nächsten Spaziergang hörte ich schon von Weitem die schrecklich hohe Stimme dieser Erzieherin. Ich hoffte nur, sie hatte auch die gleiche Kindergruppe wieder dabei. Als mich ein kleines Mädchen anspricht und mir durchs Gebüsch zuruft, dass ich verschwinden soll, weil sie immer noch keine Lust habe, mit mir zu gehen, habe ich die Bestätigung, dass es dieselben Kinder sind.«

Der junge Mann erhebt sich. Zeichen, dass er den Besuch bei seinem Vater zu beenden plant. Er zieht den Ärmel seiner Jacke hoch, schaut auf die Uhr.

»Zeit ist Geld und du hast es wie immer eilig. Aber ich muss dir schnell noch erzählen, was die junge Frau für ein Gesicht gemacht hat. Panik stand ihr auf die Stirn geschrieben. Bei jedem erneuten Zählen fehlten immer zwei Steine und nicht einer, wie es die Überlieferung sagt. Sie trieb ihre Schäfchen zusammen und verließ fluchtartig die Düwelsteene. Sie wird keinen Ausflug mehr in die Rekener Berge unternehmen, da bin ich mir sicher.«

»Komm! Lass dich umarmen. Wir sehen uns in einigen Wochen. Ich jette im Moment von Kontinent zu Kontinent. Was hast du denn mit den Steinen gemacht, bevor du sie wieder zu den Teufelssteinen zurückgelegt hast?«

»Auf meinem Weg bin ich über die Autobahn gekommen. Lange habe ich dort auf der Brücke gestanden und auf den richtigen Moment gewartet, einen Stein auf die Fahrbahn zu werfen. Aber an dem Tag war die Straße nicht frequentiert genug. Ich bin dann zum Bahnhof Reken gegangen. Dort wird die St. Elisabeth Kirche umgebaut. Gerne hätte ich einen Stein gegen das Mauerwerk geschleudert. Wenn ich schon den Aachener Dom vor Zeiten nicht damit zum Einsturz bringen konnte. Ach, lassen wir das. Ich hab die Steine vorerst auf ein Feld gelegt.«

Der Besucher tritt an die Tür, reicht seinem Vater die Hand.

»Mach's gut, mein Sohn.«

»Bis dann.«

»Aber so ein kleines bisschen nickelig bin ich schon. Bevor ich die Steine zurückgelegt habe, hab ich sie einmal auf den Boden fallen lassen. Die Hexe erzählte mir später, dass es in der Region einen derben Wasserrohrbruch gegeben hat.

Möglich, dass ich dafür ein klein wenig verantwortlich war. So ganz sachte habe ich die Steine nicht auf das Feld fallen lassen. Die Erde hat richtig gebebt.«

Die Teufelssteine (Düwelssteene) bei Heiden, in den Rekener Bergen, sind ein 4.000 Jahre altes Steinkammergrab aus der Jungsteinzeit. Einer Legende nach, soll hier der Teufel einem Schusterjungen begegnet sein.

(Erstveröffentlichung im Magazin kiek Äs! der Gemeinde Reken Ausgabe Nr. 22, Jahrgang 2017)

Von Generation zu Generation

Ella schaut auf die Uhr. Wo Jan nur bleibt? Ihr Blick fällt auf die Luke in der Decke des Flures. Ihre Oma hat es nie erlaubt, diese zu öffnen und die dort oben verborgene Leiter herunterzuziehen.

»Das macht nur Dreck«, hatte Oma immer gesagt, »ein anderes Mal, am besten, wenn wir anstreichen müssen.« Und genau das steht jetzt auf dem Plan. Während Oma sich in einem Kuraufenthalt verwöhnen lässt, haben Ella und ihr Freund Jan versprochen, Omas Treppenhaus zu verschönern.

Ella öffnet mit einer Stange, die bis an die Decke reicht, die Luke und zieht die Leiter hervor, die auf Schienen auf volle Länge ausfährt. Es ist schwierig, ohne die Möglichkeit sich festzuhalten hinaufzusteigen. Die Spannung ist groß auf das, was sich dort oben verbirgt. Vorsichtig streckt sie den Kopf durch die Luke. Ein kalter Zugwind trifft sie. Der Boden ist rauer Beton. Über ihr nur nackte Dachpfannen und Holzbalken. Kartons stapeln sich in der Mitte des Raumes, zwei alte Korbstühle, eine Stehlampe. Diese Möbelstücke hat Ella nie in ihrem Leben gesehen. Dunkle Koffer stehen dort. Sie sind braun oder schwarz. Der Staub erschwert es, die Farbe genau zu bestimmen. Es sind Modelle einer Zeit, die lange zurückliegt. Vorsichtig betritt sie das verborgene Reich ihrer Oma. Opa wird die Sachen hier heraufgeschleppt haben, vermutet sie. Und es muss lange her sein, denn ihr Opa ist seit vielen Jahren verstorben.

Unschlüssig steht sie da. Ihre Neugier ist groß. Sie würde gerne einen Blick in die verschlossenen und sorgfältig verklebten Pappkartons werfen.

Besonders ein Koffer zieht ihre Aufmerksamkeit auf sich. Durch die Staubschicht sieht sie ein Friedenssymbol. Groß, wie der Durchmesser einer mittleren Pizza, schimmert es durch den Staub. Sie kennt das Zeichen, das aus drei Elementen zusammengesetzt ist. Aus dem großen C für -campaign dem großen N für - nuklear und dem großen D für -disarmament. Ihr ist sofort klar, dass es nicht Omas Koffer ist, sondern sich Erinnerungen ihrer Mutter darin befinden müssen.

»Wir sind gegen den Vietnamkrieg auf die Straße gegangen, haben die Friedensbewegungen aktiv unterstützt.« Lange ist es nicht her, dass ihre Mutter diese Sätze, im Zusammenhang mit der Ukraine-Krise, gesagt hat.

Vorsichtig drückt Ella auf die blinden, metallenen Verriegelungen. Die Schlösser springen auf. Staub wirbelt empor. Bunter Stoff quillt ihr entgegen. Ein leicht süßlicher Duft, den sie aus den Secondhandshops kennt, in denen sie manchmal nach Kleidung stöbert, vermengt sich mit dem muffeligen Dachbodengeruch. Oben auf liegt eine Vinylschallplatte. »All you need is love«, liest sie. Lennon - McCartney, 1967. Obwohl die schwarze Scheibe staubig ist und einige verkrustete Flecken aufweist, nimmt Ella sie vorsichtig zwischen die Finger und hebt sie an. Zum ersten Mal in ihrem Leben hält sie eine Single in der Hand.

An der linken Seite des Koffers, verhüllt in buntem Stoff, steckt ein Bilderrahmen. Strahlend lacht sie ihre Mutter von dem eingerahmten Foto an. Die langen rotblonden Haare bedecken zottelig ihre Schultern. Um den Kopf hatte sie eine Kordel gebunden, die wie eine kleine Blumengirlande aussieht und ihr den Pony in die Stirn drückt.

Ob das echte Blumen waren?

So ähnlich sahen meine Blumenkränze aus Gänseblümchen aus. Meine Mutter hat mir das Flechten von Wiesenblumenkränzen beigebracht. Aber ich habe das Gebinde immer als Krone oben auf dem Kopf getragen, erinnert sic sich an unbeschwerte Kindertage.

Auf dem Foto umarmt ihre Mutter einen Mann, der ebenfalls lange struppige Haare hat, die in das Gewirr seines Bartes übergehen. Ella muss zweimal hinschauen und lachen, denn sie erkennt in dem Jüngling ihren Vater. Die tropfenförmige Sonnenbrille mit den großen Brillengläsern verrät ihn. Dieses Modell liegt in der Brillensammeldose ihrer Mutter. Als sie sich vor Wochen entschlossen hat, die alten angesammelten Brillen in den Lions-Sammelbehälter am Pfarrzentrum zu werfen, hat sie ein ähnliches Modell als Erinnerungsstück zurückbehalten.

Warum habe ich bisher diese Bilder nie gesehen? Warum hat Mutter diese Relikte ihrer Vergangenheit bei Oma auf dem Dachboden deponiert?

Sie greift in den bunten Stoff, hebt ihn vorsichtig an und zieht ihn aus dem Koffer heraus. Es ist ein gebatikter Baumwollrock, in der Taille mit einem Gummi gekräuselt. Das Gummiband hat an Elastizität verloren. Es hört sich an, als würde es bei Dehnung zerbröseln. Ob Mutter den selbst gestaltet hat? Die Ursprungsfarbe muss einmal beige gewesen sein. Die Zeit hat ihre Spuren hinterlassen. Es besteht ebenfalls die Möglichkeit, dass der Stoff vormals weiß war. Hellblau und rosafarbene Batikmuster wechseln sich von oben nach unten ab und verlaufen ineinander. Ella schlägt den Rock vorsichtig aus, um ihn zu glätten, und hält sich das Kleidungsstück an die Hüften. Das war keine gute Idee. Sie erzeugt eine große Staubwolke. Mit kraus gezogener Nase und verkniffenem Gesicht versucht sie ein Nießen zu unterdrücken. Den wasch ich mir durch und ziehe ihn im Sommer im Garten an, plant sie. Sie tritt auf den Treppenabstieg zu und lässt ihn durch die Luke nach unten fallen, da hier oben keine Stelle ist, auf der sie ihn staubfrei ablegen kann. Wie ein Magnet zieht sie dieser Koffer wieder an. Aber sie hält inne. Darf ich das überhaupt? Ist Mutter das recht, wenn ich in ihrer Vergangenheit stöbere? Was ist, wenn sie Sachen darin aufbewahrt, die sie vor mir verbergen möchte? Ella zückt ihr Smartphone, ruft ihre Mutter an. »Mama!«, meldet sie sich. »Mama, ich habe eine Frage, ich sammele Material für eine Seminararbeit, Literatur und Medien nach 1945. Ich hab mich für den Zeitabschnitt der Hippiebewegung gemeldet. Das war Papas und deine Zeit. Oder? Haben wir möglicherweie noch Anschauungsmaterial? Es gibt doch nichts, das ihr nicht aufbewahrt habt. Kannst du mir etwas zu der Ära erzählen?« Die Sache mit der Seminararbeit ist nicht gelogen, nur hat Ella spontan nicht daran gedacht, ihre Mutter um Hilfe zu bitten.

»Ein Interview mit mir als Basis für ein Referat?« »Interessant. Ich freue mich darauf. Es war die Zeit, in der ich deinen Vater kennen und lieben lernte. Zu der Ära kann ich dir jede Menge erzählen.«

Dann ging Ellas Mutter zu belanglosen Tagesthemen über. Ich muss sie fragen, entscheidet Ella. Einem Interview zustimmen und in den Sachen meiner Mutter herumwühlen, sind nicht ein und dasselbe. Doch dann sagt ihre Mutter genau das, was Ella mit diesem Telefonat hatte klären wollen.

»Es fällt mir ein, da gibt es bei Oma auf dem Boden einen Koffer. Darin habe ich einige Schätze dieser Zeit verstaut. Wir sollten ihn mal herunterholen. Es wird eine kleine Fundgrube für dich sein.«

Ella reicht diese Information und sie beendet schnell das Gespräch, denn jetzt stöbert sie mit gutem Gewissen in dem Koffer. Sie zieht eine blaue indische Bluse heraus. Bestickter Halsausschnitt, geraffte Ärmel, Schnüren und Bändchen, am Ende geknotet. Kein einziges Knopfloch, keine Knöpfe. Die passt mir, denkt sie. Die sieht hervorragend zu dem Rock aus. Und wenn Jan das gar nicht gefällt, werde ich es später an Karneval anziehen. Das wäre sicher cool.

Im letzten Sommer hatte sie mit Jan eine Dokumentation im WDR angeschaut: 45 Jahre nach Woodstock.

Gespannt hatten sie die Sendung verfolgt. Die Musik von Jenis Joplin und Bob Dylan und anderen Musikern der 60er und 70er-Jahre ist auch heute Teil ihrer Musik und steht, auf CDs verewigt, in Jans und ihrem Musikregal. Es war das spektakulärste Festival der Rockgeschichte und sie hätte was darum gegeben, dieses Event miterleben zu dürfen.

Ella nimmt das Foto wieder zur Hand. Sie sieht in der unteren Ecke links eine Art Widmung: meiner kleinen Eule zum ersten Jahrestag, 16.08.1970 I love you. Ihre Eltern hatten sich kennengelernt, als in den USA das legendäre Woodstock-Festival stattfand. Warum Papa ihre Mutter kleine Eule nannte, das muss ich demnächst mal erfragen.

Ihr Vater kann leider keine Auskunft mehr geben, denn er ist bereits verstorben.

Der Duft von Räucherstäbchen wird intensiver. Sie fischt eine Packung heraus. Opium steht darauf. Die Schachtel ist geöffnet, aber nur halb leer. Ella nimmt ein Stäbchen in die

Hand und pikst es mit der spitzen Seite in einen der Kartons, zückt ihr Feuerzeug und zündet das andere Ende an. Ein betörender Duft verbreitet sich. Was ist mit Drogen? Haben meine Eltern Drogen konsumiert, oder nur probiert? Ihre Mutter hat mal beiläufig gesagt, dass sie niemals Drogen genommen haben.

Im konservativen Bürgertum waren die Hippies damals verschrien als Marihuana rauchende und LSD konsumierende Spinner, die langhaarig und arbeitsscheu waren und sich den Moralvorstellungen der Gesellschaft nicht unterwerfen wollten. Aber Ella ist davon überzeugt, dass man Hippie sein kann, ohne jemals Drogen genommen zu haben. Für sie sind der Einsatz für den Frieden und die gigantische Rock-Musik die dominanteren Zeichen der Hippiebewegung. Und arbeitsscheu waren ihre Eltern schon mal gar nicht, nie.

Ella hört ein Auto vorfahren. Das muss Jan sein. Sie schließt den Koffer und trägt ihn zur Treppe. Sie wird ihn mit ihrer Mutter später gemeinsam weiter auspacken. Jetzt ist erst einmal anstreichen angesagt.

»Jan!«, ruft sie, »hier oben bin ich. Kannst du mir kurz helfen?« Er tritt an die Leiter, steigt einige Stufen hoch und nimmt den staubigen Koffer entgegen, den Ella ihm durch die Luke anreicht. Dann klettert sie rückwärts wieder hinab.

»Make Love not war!«, ruft sie und trägt vorsichtig den Koffer zur Haustür. Draußen wird er erst einmal entstaubt. Auch den Rock schlägt sie aus und hält ihn sich nochmals vor den Körper. »Sieht cool aus«, sagt Jan, »riecht nur etwas muffig.«

»Kann ich ja waschen«, antwortet Ella.

»Was ist in dem Koffer?«, fragt er. Ella taucht jetzt mit

Jan kurz in die Zeit ein, für die sich beide gleichermaßen begeistern. Sie öffnet den Koffer, finden Buttons, die verschiedene Friedenssymbole zeigen, Sticker mit der Aufschrift »make love not war«, Ohrringe in der Form des CND - Symbols in einer kleinen Schachtel. Der Deckel trägt ebenfalls das Zeichen, mit der Hand aufgemalt.

Ella ist froh, als die Wände wieder in sauberem Weiß erstrahlen und freut sich, was Oma zu der Überraschung sagen wird, wenn sie aus dem Kururlaub zurück sein wird. Den Koffer hat sie hinten in ihren Wagen gelegt.

Jan hat am Abend zur Einstimmung auf das Gespräch mit Ellas Mutter Musik aus dem Internet zusammengestellt und die Playlist enthält die beliebtesten Hits der Hippie-Ära. Ella hat die Packung Räucherstäbchen mitgenommen und steckt eines an. Der Opium-Duft erfüllt jetzt ihre Wohnung. Aber kann man durch diese Requisiten eintauchen in eine so bedeutende Zeit? Muss man diese Jahre nicht miterlebt haben, um sie genau zu verstehen? Jans Finger huschen über das Apple MacBook, er springt zu einem neuen Lied. Zack, einfach so. Sie weiß, dass so leicht ihre Eltern keinen Plattenwechsel vornehmen konnten. Sie hielten die Musik buchstäblich in der Hand, legten jede Scheibe einzeln auf. Die Plattenhüllen waren damals Kunstwerke und revolutionierten den grafisch künstlerischen Bereich. Jan sammelt seit einiger Zeit wieder alte Vinyl-Langspielplatten und hat den Dual-Plattenspieler aus dem Keller seines Vaters abgestaubt und in ihrem Wohnzimmer installiert. Ella kuschelt sich an Jan, sie tauchen ab in die Musik der Hippiebewegung.

»Ich glaube, die Zeit hätte ich gerne miterlebt«, sagt Ella.

»Überlege mal, wir beide in Woodstock. Glaubst du, ich habe von meinen Eltern was aus der Zeit mitbekommen? Mehr als dass mir die Musik gefällt?«

Ella betrachtet alte Fotoalben ihrer Kindheit, die sie von ihrer Mutter mitgenommen hat. Eines der ersten Urlaubsfamilienfotos. Papa, Mama und sie lachen in die Kamera. Strahlend blauer Himmel, Sommer. Sie sitzt bei ihrer Mutter auf der Hüfte. Beide Eltern haben lange Haare, ihre Mutter trägt einen wadenlangen bunten Schlabberrock, ihr Vater Jeans und T-Shirt.

»Das ist aber kein Hippie-Foto«, bemerkt Jan.

»Aber schau mal wann und wo das aufgenommen wurde.« Sie zeigt mit dem Finger auf die Bildunterschrift: 1987 auf dem Hippie-Markt in Es Canar auf Ibiza.

»Außerdem muss ich die Musik der Zeit so verinnerlicht haben, weil ich sie echt cool finde. Ich bin nicht nur mit Kinderliedern in Berührung gekommen. Bei uns lief immer Musik. Papa hatte so viele Schallplatten. Im Auto haben wir nur - unsere Musik gehört. Für jeden Urlaub hat er extra Kassetten aufgenommen. Mit den meisten Musikstücken verbinde ich unterschiedliche Urlaube.

Meinst du, die Hippie-Philosophie hat mich beeinflusst? Die Äußerlichkeiten lassen wir mal unberücksichtigt. Außerdem glaube ich, dass meine Eltern keine Hippies der ersten Stunde waren. Dafür sind sie zu spät geboren worden. Sie sind in die europäische Hippie-Kultur so hineingewachsen, weil sie zu der Zeit im passenden Alter waren, um sich selbst von der Welt ein Bild zu machen.«

»Ja, was sind denn deiner Meinung nach Kriterien, die

einen Hippie ausmachen?«

Jan überlegt: »Liberal sein und friedlich sein finde ich wichtig. Alternativ sein ist bedeutend. Vielleicht spielt auch die Selbstverwirklichung eine Rolle, besonders die der Frau.«

»Wie sieht es mit der Naturverbundenheit aus? Das passt«, ergänzt Ella.

Nachdem sie viele charakteristische Merkmale aufgezählt haben, sind sie sich einig. Auch sie sind Hippies, nennen sich nur nicht so.

»Vielleicht heißt Hippie sein in der heutigen Zeit streben nach Liebe und Freiheit, nach Frieden für alle. Leben im Einklang mit der Natur, umweltfreundliches Verhalten«, sagt Jan.

»Respekt vor Tieren«, ergänzt Ella.

Santana, Black Magic Woman dröhnt aus den Boxen und beide empfinden eine weitere Steigerung ihrer Sympathie mit der Hippiebewegung und allen Strömungen, die sie im Moment damit verbinden.

Einige Tage später hebt Ella den Koffer von Omas Dachboden aus dem Auto und legt ihn bei ihrer Mutter auf den Küchentisch. Diesmal brüht Ellas Mutter statt Kaffee einen Jasmin Tee auf. Die Kofferschlösser springen auf und ein Räucherstäbchenduft strömt ihnen entgegen. Die Mutter atmet tief ein. »Das ist der Geruch einer ganzen Ära, einer bedeutenden und wunderbaren Zeit meiner Jugend«, sagt sie. »Aber die Zeit der ersten Liebe ist für jeden wichtig.« Sie hält eine deformierte Schachtel in der Hand, öffnet sie und schüttelt grüne und rote kleine Kegel auf den Tisch.

»Was ist das denn?« Aber der Duft verrät es. Räucher-kegel. Ellas Mutter geht ins Wohnzimmer und kommt mit einem kleinen messingfarbenen Töpfchen wieder. Es ist nicht größer als ein Hühnerei. Sie hebt den Deckel ab und setzt einen Kegel hinein und zündet ihn an der Kegelspitze an.

»Jetzt weiß ich endlich, wofür das ist«, sagt Ella. »Ich hab mich schon gefragt, warum so ein Nippes auf der Fenster-bank steht und was man darin aufbewahren kann.« Der Deckel hat viele Löcher und jetzt entweicht ihm ein penet-rant duftender Rauch und strömt durch die Küche.

Ella rümpft die Nase. »Das riecht ja schrecklich! Das kannst du wieder ausmachen.«

»Ich habe Vanille und Opium am meisten geliebt« verrät Ellas Mutter und sie stellt das Messingtöpfchen auf die Terrasse.

»Waren Papa und du richtige Hippies?«, fragt Ella.

»Was macht schon einen richtigen Hippie aus? Das kann ich dir nicht beantworten, aber wir waren geprägt von der Hippiebewegung. Sie war auf jeden Fall ein Vorbote für ge-sellschaftliche und soziale Umbrüche. Es gab viele gute Sei-ten, aber auch schlechte. Allein der Drogenkonsum hat zu großen Problemen geführt. Ich meine jetzt nicht die kleine Gelegenheits- und Party-Kifferei. Schlimm wurde es, als die harten Drogen folgten. Sie haben so manches Leben zer-stört und Familien an den Abgrund getrieben. Auch unter unseren Bekannten und Freunden, ja sogar innerhalb unse-rer Familie gab es Junkies. Der Siegeszug der harten Dro-gen durch die Kleinstädte hat dem Paradies aus Love and Peace ein brutales Ende gesetzt. Wenn es dich beruhigt, dein Vater und ich haben Drogen immer abgelehnt, obwohl wir der Szene oft nahe waren.«

»Und wie habt ihr euch gegen die kleinbürgerlichen Vorstellungen zur Wehr gesetzt?«

Ella denkt an die Sponti-Sprüche, die sie im Zusammenhang mit der Studenten- und Schülerrevolte gelesen hat. Traut sich aber nicht, ihre Mutter direkt zu fragen. Besonders ein Spruch interessiert sie. Wer zweimal mit derselben pennt, gehört schon zum Establishment.

»Wie war das so mit der propagierten freien Liebe?«, fragt sie.

»Ach, das war mehr ein Thema der Medien. Nur weil der Gesellschaft mehr Toleranz abverlangt wird, ändert sich die Liebe nicht schlagartig. Ich kenne viele Paare, die sich in der Zeit des gesellschaftlichen Umbruchs kennengelernt haben und heute immer noch zusammen glücklich sind. Aber das typische Rollenverhalten änderte sich. Männer und Frauen glichen sich teilweise äußerlich sehr an, vor allem was die Haare anging. Als ich deinen Vater zum ersten Mal mit nach Hause zu meinen Eltern mitbrachte, hat mein Vater ihn argwöhnisch beäugt und seine Bemerkung hab ich bis heute nicht vergessen:

„Wenn wir zusammen durch die Stadt gehen, werden die Leute, die uns von hinten sehen, gar nicht mehr erkennen, wer meine Tochter ist. Erst wenn dein Freund sich umdreht."

Damit machte er gleichzeitig Andeutungen auf die langen Haare, die wir beide trugen, den Bart deines Vaters und meine Vorliebe für Jeans und Cordhosen. Mir war damals nicht klar, wie mein Vater das gemeint hatte. Ob das Ernst oder Ironie war. Diese Hosen waren nicht typisch für die Blumenkinder, ebenso der Minirock, den ich gerne getragen habe. Schlabberige Röcke waren nicht so meins. Es gab viele Strömungen, die mir gefielen und die sich für mich mit der Hippiebewegung verwoben. Aber ich habe mir auch manchmal eine Blume in die Haare gesteckt und Pril-Blumen an die Kacheln in der Küche geklebt.«

Ella zieht die Kette mit dem Friedenssymbol aus dem Koffer und fragt, ob sie die behalten darf. Ihre Mutter nickt, steht auf und kommt mit einer kleinen Schmucktruhe aus dem Schlafzimmer wieder. Sie hält eine silberne Kette in der Hand. »Gefällt dir diese?«, fragt sie. »Die habe ich aus Amsterdam. Ich bin ab 1969 mit deinem Vater und unserer Clique oft nach Amsterdam gefahren. Ich bin in den Bus zur Schule eingestiegen. Auf dem Parkplatz standen Autos bereit. Einige unserer Freunde hatten bereits einen Führerschein und ein Auto und dann ging es los nach Amsterdam. Tagsüber stöberten wir auf den Flohmärkten. Besonders der Waterlooplain war klasse. Dort haben wir unsere Kleidung gekauft. Secondhand war angesagt. Diesen verdammten Markenzwang gab es nicht. Individualität prägte unser Aussehen. Manchmal färbten wir unsere Kleidung spontan ein. Ein Tütchen Batikfarbe in die Waschmaschine, eine Tüte Fixierpulver hinterher und alles, was in der Wäschetrommel wirbelte, war rosa. Ich höre heute noch das Gezeter meiner Mutter, die glaubte, der Maschine damit zu schaden. Aber eigentlich verteidigte sie nur den Mythos der blütenweißen Wäsche, der die Qualität einer Hausfrau auszeichnet.«

„Die Leute werden meinen, mir wäre ein roter Socken in die Waschmaschine gerutscht", sagte sie.

»Ich nahm die Idee mit dem roten Socken auf und sparte mit so das Geld für die Batikfarben. Um noch einmal auf die Schulzeit zurückzukommen: Wir ließen grundsätzlich bei Klassenarbeiten abschreiben. Den Konkurrenzkampf unter den Schülern, so ausgeprägt wie heute, gab es nicht. Die leistungsschwachen Schüler profitierten davon. Wir waren hilfsbereit und tolerant. Wir haben viel gemeinsam gelernt, aber auch oft die Leistungsnachweise gemeinsam erbracht. Ich habe einmal für einen Mitschüler die komplette Mathearbeit geschrieben, mit verstellter Schrift und eingebauten Fehlern, damit die Täuschung nicht zu auffällig war. Unsere Lehrer hatten ein schweres Leben mit uns.«

Ihre Mutter nimmt jetzt das eingerahmte Foto in die Hand und schaut es lange an.

»Warum hat Papa dich kleine Eule genannt«, fragt Ella. Ihre Mutter lacht. »Weil ich oft wie eine Eule aussah. Ich habe in der Zeit angefangen, mich zu schminken. Besonders die Augen habe ich heftig und schwarz angemalt, wenn ich recht überlege, nur die Augen. Das Abschminken war aber mir immer eher lästig und so sah ich am Morgen manchmal aus wie eine Eule. Außerdem habe ich viel gelacht und mir oft über die Augen gerieben. Du kannst dir vorstellen, wie sich der schwarze Eyeliner oftmals in meinem Gesicht verteilt hat.«

Ella fragt nach dem Rock und der Bluse.

»Klar, kannst du das haben, warum nicht? Aber du wirst es sicher nicht anziehen. Das ist doch altes Zeug.« Ella überlegt kurz und stopft es in den Koffer zurück. Es stimmt, sie wird es nicht tragen, das war so eine spontane Idee. Und zu Karneval wird sie nicht in die Rolle eines Hippies schlüpfen. Eigentlich ist sie ein Hippie, ein Hippie der nächsten

Generation. Das zu sein, bedarf es keiner Verkleidung.

(Erstveröffentlichung im Heimatkalender der Herrlichkeit Lembeck und der Stadt Dorsten Jahrgang 2021)

Busfahren in Rom

Rom, die Ewige Stadt am Tiber zu erleben, stand stets auf der Liste unserer Urlaubswünsche. Wir behielten dieses Reiseziel immer im Auge. Irgendwann würde sich die Gelegenheit ergeben und auch wir würden das Zentrum der Katholiken erkunden.

Ein neuer Kaplan kam in unsere Gemeinde und damit rückte die Chance auf eine Romreise ein ganzes Stück näher. Eigentlich liebten wir mehr den selbstbestimmten Urlaub. Die Interessen der Reisenden sind unterschiedlich und es gibt nichts Schlimmeres, als in einer Reisegruppe gefangen an den Sehenswürdigkeiten vorbeigeschleust zu werden. Doch unser junger, dynamischer Kaplan, mit dem uns recht schnell ein freundschaftliches Verhältnis verband, bot eine Bildungsreise nach Rom an. Wir nahmen das Angebot an. Er versprach, die Reiseleitung zu übernehmen. Gereon hatte in Rom studiert, er sprach fließend Italienisch, war jung und aufgeschlossen, und während seines Studiums hatte er sein Salär als Reiseführer in der Ewigen Stadt aufgebessert. Er liebte Rom und kannte sich aus wie kein anderer. Ein selbsterstellter Satz Karteikarten, auf denen er alles Wissenswerte über Rom stichwortartig notiert hatte, war nur die Basis seiner Information. Darüber hinaus hatte er sich Extras erarbeitet, in dessen Genuss ein normaler Rom-Tourist nie kommen würde. Er verfügte über ein umfangreiches Insiderwissen und verstand es, uns perfekt mit Anekdoten zu überhäufen.

Wir standen auf dem Petersplatz. Unsere Blicke waren auf die Fenster der Sixtinischen Kapelle gerichtet. Ein Monsignore, ein päpstlicher Kaplan, stolzierte über den Platz. Seine Soutane wehte im Wind. Er war unverkennbar eine Geistlichkeit und ein Angehöriger des Vatikans. Er breitete die Arme aus und lief direkt auf unseren Reiseführer zu.

»Gereon!«, rief er, »du mal wieder in Rom?« Er umschloss unseren Kaplan mit seinen großen schlaksigen Armen, sodass er unter dem schwarzen Gewand verschwand. Sie begrüßten sich überschwänglich.

»Deine Schäfchen?«, fragte er. Gereon nickte.

»Seid herzlich willkommen!« Auch wir wurden ausgiebig und innig umarmt.

Durch diese und ähnliche Erlebnisse entfernten wir uns von der normalen touristischen Spur. Egal, in welchem Restaurant wir am Abend saßen, immer wurden wir herzlicher empfangen und besser bewirtet, wenn man Gereon in unserer Mitte erblickte. Nicht selten gesellte sich ein Gitarrenspieler zu uns und rundete das Abendessen mit italienischen Weisen ab.

Für den nächsten Tag hatte unser privater Reiseführer Gereon geplant, uns in die Geheimnisse des Busfahrens einzuführen.

»Wer nicht mindestens einmal in Rom mit dem Bus gefahren ist, der hat was verpasst«, sagte er.

Bei sommerlichen Temperaturen standen wir an der Bushaltestelle in unmittelbarer Nähe zu unserem Hotel und warteten gespannt auf die neue Erfahrung. Dann endlich näherten sich zwei Linienbusse.

»Wir nehmen den zweiten«, sagte er. »Der bringt uns zur Piazza Venezia.«

Wir stiegen in den vollen Bus und quetschten uns zwischen Römern und Touristen. Es hätte auch andere Fortbewegungsmöglichkeiten gegeben, aber Gereon bestand darauf, mit einem Linienbus zu fahren. »Eine Stadt spürt man nur, wenn man sich auf sie einlässt und das Busfahren gehört dazu.«

Während ich versuchte, eine gesicherte Standposition zu finden, und seitlich nach einer Haltemöglichkeit suchte, da meine Körpergröße es mir versagte, an die Deckenschlaufen zu greifen, hatte der Bus Fahrt aufgenommen und preschte die Via Appia hinunter. Die zaghaften und abrupten Bremsmanöver des Busfahrers ließen uns in der Woge der Mitfahrenden hin und her schwanken und wir kamen unseren Busnachbarn gefährlich nahe. In den Ausdünstungen und Gerüchen der Menschenmenge fühlte ich mich gefangen. Ich hielt zum wiederholten Male die Luft an. Sollte ich ohnmächtig werden, falle ich wenigstens nicht um. Zwischen den Menschen eingekeilt, würde ich stehen bleiben. Gereon versuchte unsere Aufmerksamkeit auf sich zu ziehen. Durch die vielen Köpfe hindurch erblickte ich seinen erhobenen Arm und ich erkannte seine Stimme.

»An der nächsten Haltestelle steigen wir aus. Bitte achtet darauf, dass alle unserer Gruppe den Bus verlassen!«, rief er. Ich atmete flach und hielt erneut die Luft an.

Gleich ist es vorbei, dachte ich und schloss die Augen und konzentrierte mich auf einen festen Stand. Gleich. Dann bin ich wieder befreit. Ich erwartete ein Bremsen und das Öffnen der Türen.

Dann endlich hatte ich die Chance, mich der warmen weichen Hand zu entziehen, die sich in dem Gedränge auf mein Gesäß gelegt hatte. Mangels Bewegungsfreiheit konnte ich mich dieses Grapschers nicht erwehren. Der Bus bremste. Endlich. Aber die Türen öffneten sich nicht. Wir standen an einer Ampel. Die Abgase drangen durch die schmalen Oberlichter in den Bus hinein und das Hupen von Autos und das Quietschen von Bremsen legte sich wie eine Decke, gewoben aus Straßenlärm und Mief, auf die Köpfe der Fahrgäste.

Diese Phase meiner Konzentration wurde durch die freudigen Laute einer älteren Dame aus unserer Reisegruppe unterbrochen.

»Oh, Herr Kaplan, Herr Kaplan, ist das schön hier. Ich wusste gar nicht, dass Busfahren in Rom so erotisch ist.«

Alle deutschen Touristen hatten diesen Ausruf verstanden und ein allgemeines Gelächter erfüllte den Bus. Als wir durchzählten, und unsere Gruppe vollzählig auf dem Bürgersteig stand, grinste Gereon uns an: »Ich habe eben an alles gedacht, sogar an eine Portion Erotik.«

Der Toten Ruhe trügt

»Elfi? Bist du es wirklich?« Erstaunt blickte Helga die Person an, die in einem luftigen, geblümten Sommerkleid auf der Bank unter der Linde saß.

»Ich habe dich schon erwartet. War doch nur eine Frage der Zeit, dass wir uns hier treffen würden«, sagte Elfi. Sie rückte ein Stück zur Seite und klopfte mit der flachen Hand auf den freien Platz neben sich.

Die Sonne war hinter dem Horizont verschwunden und eine zarte Mondsichel stand am Himmel. Das Licht der blauen Stunde verbreitete eine eigene Stimmung. Vereinzelt waren Sterne zu sehen. Je mehr sich die Dunkelheit über die Landschaft legte, und die Grenze der Tag – und – Nacht – Gleiche überschritten war, umso stärker traten die Sterne hervor.

»Die Frage, wie es dir geht, kann ich mir ja wohl ersparen. Wer sich in unserer Gesellschaft befindet, den plagen keine Sorgen mehr. Daran gibt es keinen Zweifel. Schau! Da kommen noch zwei.« Elfi wies mit dem Kopf den Weg in Richtung Lindenstraße.

Zwei Damen kamen Hand in Hand den Weg entlang geschlendert. Vor der Bank blieben sie stehen.

»Guten Abend Elfi«, sagten die beiden wie aus einem Mund. Sie blickten neugierig auf Helga.

»Ist das die Neue? Die von 10:30 Uhr?«, fragten sie.

»Darf ich vorstellen«, sagte Elfi höflich, »das ist Helga, meine ehemalige Nachbarin.«

»Angenehm«, sagten die beiden gleichzeitig. »Wo liegen Sie?«

»Also, wenn Sie den Weg bis unten heruntergehen«, Helga wies mit der Hand nach links, »und dann rechts abbiegen, finden Sie meine Bleibe auf der rechten Seite. Sie können es gar nicht verfehlen. Auf einer Schleife steht sogar in goldenen Buchstaben mein Name: Helga Herzog. Das bin ich.«

»Ich dachte, auf den scheußlichen Schleifen aus billigem Polyester würden immer nur Wünsche und Grüße aufgedruckt und der Name des edlen Schenkers«, sagte die jüngere der beiden.

»Das sind übrigens Uschi und Petra«, stellte Elfi die Spaziergängerinnen vor und zeigte abwechselnd auf die Frauen.

»Oh, über die Gestaltung der Schleifen habe ich mir nie Gedanken gemacht. Aber das muss mein Bruder gewesen sein«, sagte Helga. »Er hat bestimmt befürchtet, jemand klaut in einer Nacht- und Nebelaktion das kunstvolle Gebinde und nutzt es für seine Zwecke. Und da mein voller Name darauf steht, wird eine andere Verwendungsmöglichkeit eher schwierig. So ist er eben. Immer misstrauisch, befürchtet stets das Schlechteste.«

Die Stille, die diesen nächtlichen Ort umfing, war wohltuend. Der Flügelschlag einer Fledermaus, kaum wahrnehmbar.

»Wenn wir etwas zusammenrücken, haben die beiden Damen auch noch Platz«, sagte Elfi. Uschi zog ein weißes Taschentuch aus dem Ärmel ihrer leichten Strickjacke und wischte über die morschen Bretter der Bank, bevor sie geziemt Platz nahm und die Beine übereinanderschlug.

»Seid ihr schon länger hier?«, richtete Helga die Frage an ihre neuen Banknachbarn.

»Hab ihr schon einmal erlebt, dass jemand ein in Liebe

abgelegtes, letztes Geschenk entwendet hat?«

»Wir könnten Dir Dinge erzählen«, sagte Elfi, dabei verdrehte sie die Augen und schüttelte den Kopf. »Du wirst es kaum glauben.« Elfi holte tief Luft, bereit für eine Geschichte.

»Die Zeit nach den Eisheiligen ist sehr amüsant. Sobald der 15. Mai, die kalte Sofie, vorbei ist, geht's hier hoch her. Es ist in jedem Jahr das Gleiche. Die einen balancieren die Kunststoffpaletten mit Pelargonien, Petunien, Lobelia ernius, genannt Männertreu und viele andere Pflanzen durch die schmalen Wege. Wir wissen immer, welches blühende Grünzeug gerade wo im Angebot ist. Sie kratzen und hacken, schaufeln und pflanzen. Anschließend erzeugen sie sintflutartigen Mairegen.«

»Woher kennst du die lateinischen Namen der hübschen Pflanzen?«, fragte Helga.

»Mein Sohn tut immer noch etwas für meine Bildung. Er steckt die Plastikschildchen aus der Gärtnerei zu den Pflanzen.«

Elfi fuhr fort: »Dann gibt es die anderen, die ersparen sich die Schlepperei und starten einen Umverteilungsprozess. Die schwarze durchnässte Erde wird ihrer Pflanzen beraubt. Wenige Zeit später zieren die Frühlingsgewächse andere Regionen. Wieder wird eine Gießkanne mehrmals gefüllt und die zarten Gewächse erleben einen zweiten Mairegen.«

»Gibt das keinen Ärger?«, fragte Helga erstaunt.

»Klar doch«, antwortete Uschi, »aber der hält sich in Grenzen. Der Unmut wird nur mit gedämpfter Stimme zum Ausdruck gebracht. Niemand traut sich, uns in unserer wohlverdienten Ruhe zu stören.«

»Eigentlich totaler Quatsch«, sagte Petra. »Wir sind immer noch Teil des Lebens und dazu gehören auch Streit und laute Stimmen. Oder wie seht ihr das?«

Ja, etwas mehr Aktion wäre oftmals ganz schön. Da waren sie sich einig.

»Und was passiert dann weiter?«, fragte Helga.

»Die Mulden, die die Pflanzen hinterlassen haben, werden manchmal wieder mit neuen Blumen gefüllt. Im schlechtesten Fall werden sie nicht einmal zugeschaufelt und die kleinen Krater bleiben offen. Oftmals bemerkt niemand diesen Pflanzenklau.«

»Aber das sieht man doch sofort«, sagte Helga entrüstet.

»Ja, klar«, antwortete Elfi. »Man sieht es sofort. Aber nur wenn man nachschaut. Viele Menschen machen eine Frühjahrs- und eine Winterbepflanzung. Sie halten es so wie mit dem Kirchgang. Zweimal im Jahr reicht, Ostern und Weihnachten.«

»Na, ja, vielleicht dreimal im Jahr,« sagte Petra. »Wir dürfen Allerheiligen nicht vergessen. Die rotflackernden Lämpchen müssen brennen, denn sonst sieht jeder sofort, dass an diesem Tag niemand dort zu Besuch war.«

Uschi und Petra standen auf. »Wir machen mal eine kleine Runde«, sagte Uschi. »Ich liebe Schleifen und was darauf geschrieben steht. Wir werden einmal Deinen dekorativen Blumenberg begutachten. Anschließend gehen wir kurz bei dem Neuen von 8:30 Uhr vorbei. Da war heute mächtig was los.«

Helga war immer ein äußerst aktiver Mensch gewesen. Die Ruhe, die sie in ihrer neuen Umgebung erwartet hatte, schien durchaus nicht so endgültig zu sein. Sie hatte so viele Fragen an Elfi.

»Trefft ihr euch regelmäßig«, fragte sie. »Eure Gesellschaft gefällt mir. Wo sind all die anderen? Kennst Du sie alle persönlich?«

»Nein, ich kenne nur wenige persönlich. Wer nicht dazu bereit ist, kann sich nicht in unsere Gemeinschaft mit einbringen.«

»Was ist der Sinn eurer Treffen?«, fragte Helga.

»Wir beobachten, was hier passiert. Wer kommt und wer geht. Wir erleben aus der Distanz das ganze Spektrum der Gefühlswelt der Menschen. Wir lesen, was auf den Schleifen steht. Wir interessieren uns für die Inschriften auf den Steinen. Wir lauschen den Zwiegesprächen. Die Unterhaltungen zwischen den Besuchern sind stets aufschlussreich. Hast Du gewusst, dass viele Menschen den Sinn einer letzten Ehre gar nicht kennen? Wir nennen sie Trauersimulanten.«

»Trauersimulanten?«

»Es ist interessant zu erfahren, was Menschen denken, die in zweiter Reihe hinter den echten Betroffenen herlaufen, sich über ihren letzten Urlaub unterhalten oder den Partyspaß der Nacht rekapitulieren. Dann gibt es die Neugierigen, die ihren Kopf schwenken wie die Kamera auf einem Stativ. Sie blicken in jedes Gesicht, nur um festzustellen, ob ehemalige Geliebte unter den Trauergästen sind, oder Personen, mit denen der Gebettete zu Lebzeiten in ewigem Streit lag.

Es entstehen neue Biografien. Wer hier bei uns ist, hat keinen Einfluss mehr. Wir haben unsere aktive Zeit hinter uns. Wir sind nur noch das, was in den Köpfen der Lebenden von uns zurückbleibt. Es sind nicht nur schöne Erinnerungen. Die Wahrheit über uns spiegelt sich in so vielen Einzelheiten. Jedes Detail spricht hier eine eigene Sprache.

Wenn Du bereit bist, zu erfahren, welche Rolle Du tatsächlich im Leben gespielt hast, dann komm zu uns, wann immer Du möchtest.«

Uschi und Petra kamen zurück, sichtlich aufgeregt.

»Er war wieder da, hat wieder zugeschlagen!«, sagte Uschi.

»Er – ist ein echt sympathischer junger Mann. Wenn ich ihm zu Lebzeiten begegnet wäre, hätte ich niemals geglaubt, dass er so eine Art Dieb ist«, sagte Petra.

»Er hat bei Regina Hofmeister den heute erst frisch abgestellten Strauß lachsfarbener Gerbera aus der Vase genommen, ein Papiertaschentuch um die tropfenden Stängel gedreht und sich ebenso leichtfüßig, wie er aufgetaucht ist, mit einem eleganten Satz über das Tor entfernt.«

Petra schwächte die Pietätlosigkeit dieser Handlung aber gleich wieder ab.

»Du weißt, dass Regina Hofmeister lachsfarbene Gerbera hasst. Es waren für sie ihr ganzes Leben lang die schrecklichsten Blumen, ohne den edlen Gewächsen zu nahe treten zu wollen. Ihr Mann hat es immer noch nicht kapiert. Sie wird gerne darauf verzichten. Vielleicht klappt es ja diesmal bei dem nächtlichen Dieb und er kann seine Angebetete mit dem Blumenstrauß herumkriegen. Den Blumen sieht man ja nicht an, wo sie herkommen. Sie könnten ebenso aus dem Eimer an der Tankstelle sein. Dort haben sie heute früh sowieso gestanden.«

»Auf jeden Fall hat sich der Bursche bei Regina entschuldigt. Tut mir leid, Oma, hat er gesagt und dabei das Alter von Regina überschlagen. Ich brauche die Blumen jetzt nötiger als Sie«, ergänzte Petra und lachte.

»Woher weißt Du, dass sie lachsfarbene Gerbera hasst?«,

fragte Helga. »Hat sie Dir das erzählt?«

»Nein, wir wissen es nicht von ihr«, antwortete Uschi. »Ihre Tochter war neulich bei ihr. Sie sah die Blumen, nahm sie aus der Vase und stellte sie in die Nachbarvase. Papa weiß es nicht besser, dachte sie. Warum hast du es ihm nie gesagt, dass gelbe Rosen deine Lieblingsblumen sind? Er konnte nie zwischen den Zeilen lesen. Du hast ihm nie eine echte Chance gegeben.«

Helga war gespannt, ob ihre Familie sich daran erinnerte und ihre Liebe zu Wildblumen respektierte, und ihre eigenen Schleifen würde sie gleich erst einmal auf Authentizität überprüfen.

Wie einen dünnen Schleier trug der Wind den schweren Duft der Levkojen herüber. »Wie gut das riecht«, sagte Helga und atmete tief ein. Sie schloss genüsslich die Augen.

»Habt ihr das gehört?«, flüsterte Elfi und war aufgesprungen. Sie legte ihren Zeigefinger auf ihre geschlossenen Lippen. Alle lauschten angestrengt. Ein leises rhythmisches Geräusch war zu hören. »Es klingt, als würde Metall auf Metall treffen.« Petra stellte sich auf die Zehenspitzen und schaute in die Richtung, aus der die wiederkehrenden Klänge kamen und versuchte über die hohe Ilexhecke zu blicken.

»Da ist jemand«, hauchte sie. »Ich habe eine Bewegung gesehen.«

»Warum flüsterst Du?«, fragte Elfi. »Egal wer dort ist, er kann uns nicht sehen und nicht hören. Kommt! Wir schauen nach, was da los ist.«

Die Fünf gingen leichtfüßig über die Pflastersteine. Viele rote und weiße Leuchten säumten ihren Weg. An der nächsten Gablung lauschten sie wieder. Helga wies nach links.

»Von dort kommt das Geräusch«, sagte sie. »Kommt,

wir gehen über das Feld F 17, das hat noch niemand angemietet. Wir stören also nicht.« Dann blieben die Damen abrupt stehen. Vor ihnen, auf dem Boden, kniete eine männliche Gestalt. Auf dem Kopf trug er eine Lampe, die seinen Arbeitsbereich ausleuchtete. »Dr. arste au ter«, las Helga. »Wer ist das denn?«

»Hier ruht Dr. Carsten Baumeister. Die Buchstaben C, e, n, B, m, e, i und s liegen bereits in der Tasche dort drüben«, sagte Elfi.

»Helga, meine Liebe! Du hast aber ein Glück. Bekommst gleich an Deinem ersten Abend einiges geboten.«

Helga verstand nicht sofort, was da vor sich ging und schaute leicht irritiert in Elfis Gesicht. „Das ist ein klassischer Fall von Metalldiebstahl."

Der Mann mit seiner schwarzen Mütze und der schwarzen Kleidung war eins mit der Umgebung. Mit einem Hammer und einem Meißel bearbeitete er die nächsten Buchstaben. Die Lettern des akademischen Grades fielen in den Torf. Der Dieb nahm sie auf und warf sie in die geöffnete Tasche. Es klirrte und schepperte.

»Ja, aber das ist gesetzeswidrig, was er dort tut«, sagte Helga entrüstet. »Dagegen müssen wir was unternehmen!«

»Wir haben beschlossen«, sagte Elfi, »wenn noch einmal ein Metalldieb hier aufkreuzt, so ein Grabschänder der übelsten Sorte, so ein pietätloses Subjekt, so ein skrupelloser Kunsträuber, so ein, so ein ...« Elfi hatte sich in Rage geredet und Uschi setzte ihren Satz fort: »werden wir ein Exempel statuieren und diesen respektlosen Widerling bestrafen.«

Elke streckte schon ihre Hand aus und hielt den Schlagarm des Mannes beim Ausholen fest, ließ ihn abrupt los und der Hammer sauste nieder auf die linke Hand des Diebes. Dieser schrie jaulend auf und ließ Hammer und Meißel fallen. Uschi und Petra nahmen die Werkzeuge auf und warfen sie in die Tasche. Der Lichtkegel der Kopflampe tanzte durch die Nacht. Die Damen umringten den Mann, schubsten aus der Dunkelheit heraus seinen Körper hin und her, drehten ihn wie beim Spiel »Blinde Kuh« im Kreis, machten ihn orientierungslos. Er fiel der Länge nach auf den Boden. Ein dumpfes Geräusch war zu hören und die Schreie des Mannes verstummten. »Oh«, sagte Elfi erstaunt. »Er scheint unglücklich auf die Marmorstele von Marta Döbler gefallen zu sein. Geschieht ihm recht. Hier fehlen auch bereits das metallene Kreuz und das Geburtsdatum.« Petra bückte sich und knipste die Kopflampe aus, die ihren Lichtstrahl direkt in den Himmel schickte.

»Kommt, wir gehen wieder zur Linde, der hat genug. Die Presse wird von dem unheimlichen Überfall berichten. Hier treibt vorerst niemand mehr sein Unwesen«, sagte sie laut.

Eine wohltuende Ruhe kehrte ein. Die Damen lehnten sich entspannt zurück und genossen die Nacht. Plötzlich nahmen sie aus dem Augenwinkel eine Bewegung wahr. Sie drehten alle gleichzeitig den Kopf nach links. Ein junger Mann kam den Weg entlang auf die Bank unter der Linde zu. »Guten Abend die Damen«, sagte er höflich im Vorbeigehen und zog seine schwarze Mütze grüßend vom Kopf.

»Guten, guten Abend«, stotterten alle durcheinander.

»Hast Du seine Beule am Kopf gesehen?«, fragte Helga.

»Und die linke Hand war auch geschwollen«, merkte Uschi an.

»Wo wird er heute Nacht schlafen? Er gehört offiziell gar nicht zu uns.«

Helga musste die Erlebnisse der Nacht erst einmal verdauen, sie war plötzlich unendlich müde, stand auf und verabschiedete sich.

»Komm gut zu liegen!«, sagte Elfi, »wir sehen uns.«

»Es wird morgen hier eine Menge los sein, die Polizei und gleich drei Neuzugänge, die auf der Tafel stehen. Also, dann!« Elfi hob die Hand und winkte zum Gruß.

»8:30 Uhr an der Kapelle, Mädels, schlaft gut.«

(Erstveröffentlichung im Rahmen der »Neue literarische Gesellschaft Recklinghausen«, Ausschreibung 2013, 2. Publikumspreis)

Letztens in der Nordkurve

Lilli war bekannt, dass ein Ball rund und Fußball eine Sportart waren. Sie wurde in eine Familie hineingeboren, in der Fußball ohne Bedeutung war. Ihr Mann hatte von dem Sport keine Ahnung und verstand nicht, wie man sich für dieses Ballspiel begeistern konnte.

Es waren die Schlagzeilen in der Presse, die sie vom Kiosk ansprangen und sie in die Nähe der Bundesliga brachten. Die Sportschau trug das Ihre dazu bei, weil sie über das Fußballgeschehen der Nation immer ausführlich berichtete. Es gab andere Sportarten, die Lilli brennend interessierten und so wurden die Fußballnachrichten ein beiläufiges und geduldetes Nebenprodukt an Information.

Das Desinteresse an Fußball fand keine Fortsetzung in der nächsten Generation. Der Nachwuchs schlug eine andere Richtung ein. Auf den Wunschzetteln zum Weihnachtsfest standen Fanartikel von Bundesligamannschaften. Lillis Sohn wünschte sich einen schwarzgelben Schal des Bundesligavereins Borussia Dortmund und ihre Tochter träumte vom blauweißen Pendant des Vereins Schalke 04. Lilli betrachtete die farblich differierenden Schals als eine perfekte Unterscheidungsmöglichkeit, in welchen Kinderzimmerschrank sie die wärmenden Winter-Accessoires einräumen durfte. Aber so einfach war der Umgang mit den beiden unterschiedlichen Fußballfans nicht. Die Spaltung der Familie war das Ergebnis. Maßgeblich verantwortlich für die gegensätzlichen Sympathien waren die Schulkollegen ihrer Kinder. Die Grundschulzeit verlief im ständigen Ausgleich zwischen schwarzgelb und blauweiß.

Am Gymnasium änderte sich die Einstellung von Lillis Sohn schlagartig. In geschwisterlicher Eintracht wurden in Omas Garten die schwarzgelben Fanartikel auf dem Holzkohlegrill in Staub und Rauch aufgelöst. Das innerfamiliäre fußballsportliche Farbspektrum war von nun an blauweiß. Die Antwort auf die Frage nach dem plötzlichen Sinneswandel kam spontan und entrüstet: »Mama, ich bin doch keine Zecke!«

Während Lillis Mann weiter fußballresistent blieb, schlich sich im Laufe der Jahre ein heimliches Interesse bei ihr an Fußball ein. Vorerst begeisterte sie sich für die Spiele der Nationalmannschaft. Sie wurden zum Pflichtprogramm. Die Annäherung an Schalke 04 war der Solidarität mit dem Nachwuchs geschuldet.

Lilli spielte keinen Fußball, wenn auch, besonders in den Medien, der Damenfußball einen enormen Aufschwung erfuhr. Sie war Golfspielerin. Schon bald musste sie erfahren, dass Golf und Fußball in einem engen Zusammenhang standen. Es gab unter Fußballspielern der Bundesligisten jede Menge Golfspieler, auch unter den Schalkern, sowohl unter den aktuellen, als auch unter den altgedienten Spielern. Es waren jetzt nicht mehr nur ihre Kinder, die eine Verbindung zu Schalke herstellten. Ihr Interesse ging jetzt aus ihrem eigenen sportlichen Umfeld hervor. Lilli nahm an Golfturnieren teil, die unter der Schirmherrschaft Schalker Spieler oder deren Ehefrauen standen. Plötzlich wusste sie, wann Schalke Heimspiele hatte, weil sie dann das Verkehrsaufkommen rund um den Golfplatz und damit rund um die Veltins-Arena berücksichtigen musste. Wenn am Wochenende aus geöffneten Fenstern lauter Jubel zu hören war, war klar, dass es sich nur um ein Tor der Schalker handeln konnte.

Es kam die Zeit, dass sie die Antwort auf die Frage wie Schalke am Wochenende gespielt hatte, immer beantworten konnte.

Was Lilli bisher nie erlebt hatte, war ein Fußballspiel in der Veltins-Arena. Sie war nie auf Schalke gewesen. Sie traute sich nicht dorthin. Alleine schon gar nicht, und ihren Mann konnte sie als Begleiter vergessen. Er hatte keine Stadionerfahrung und wäre keine große Hilfe für sie gewesen, sich dort zu orientieren. Ihre Kinder, nunmehr alt genug, besorgten sich die Eintrittskarten selbst und kamen nicht auf die Idee, ihre Mutter mitzunehmen. Das wäre ihnen vor ihren Freunden sicher peinlich gewesen.

»Am besten ist es in der Nordkurve«, sagte ihr Sohn und verdrehte begeistert die Augen. Aber dahin wollte Lilli auf gar keinen Fall. Sie hatte von Hooligans gehört und in der Presse über Ausschreitungen gelesen. Sie wollte nicht auf Schlägertypen, Raufbolde oder betrunkene Chaoten treffen.

Lilli trat auf Anraten ihrer Golffreundinnen einem Schalker Fanklub bei. »1000 Freunde, die zusammenstehen«, war der Slogan der königsblauen Fangemeinde und Lilli wurde einer von ihr. Als offiziell eingetragener Fan war es leichter, Eintrittskarten zu kommen. Sie hatte immer nur gehört, dass das Schalker Stadion für »Normalsterbliche« ausverkauft sei. Jetzt war sie keine »Normalsterbliche« mehr, denn sie besaß eine Eintrittskarte zum Bundesligaspiel Schalke 04 gegen Arminia Bielefeld. Dass es eine Eintrittskarte für die Nordkurve war, bereitete ihr schon Bauschmerzen. Aber die acht Frauen, die sich sonst nur auf dem Golfplatz gemeinsam vergnügten, boten ihr Sicherheit, denn alle außer Lilli waren stadionerprobt.

Die Damen hatten sich in Gelsenkirchen-Buer verabredet. Dort stiegen sie mit anderen Fans in die S-Bahn Richtung Veltins-Arena. Die zum Bersten gefüllte Bahn war ein kleiner Vorgeschmack auf das, was gleich auf Lilli wartete. Es wurde fröhlich gesungen, laut gegrölt und mäßig gedrängelt. Die Situation war nicht unangenehm. Aggression gab es keine. Lilli hatte sich ein winzig kleines Schalkeaccessoire an ihre Handtasche geknotet. Sie hatte sich von ihrem Sohn einen Original-Fan-Artikel des Pokalsieges aus Berlin ausgeliehen. Das Tuch um den Hals schlingen war unmöglich, denn das sonnige Wetter und die vielen Menschen in der Bahn trieben ihr den Schweiß auf die Stirn.

Ein echter Schalke-Fan kennt keine Jahreszeit, er kennt nur die Spielsaison und so hatten fast alle die dicken warmen blauweißen Schals an ihren Körpern befestigt. Einige trugen die wärmenden Teile um den Hals gebunden, andere hatten gleich mehrere um Handgelenke, Taille und Hals geknotet. Die Fahnen in der S-Bahn blieben aus Sicherheitsgründen aufgerollt. Die Bahn hielt und die riesige Schar Fans strebte im Pulk mit wehenden Fahnen der Veltins-Arena entgegen. Die vierspurige Kurt-Schumacher-Straße war voll. Autos und Reise-Busse, mit Fans, bewegten sich auf die Parkplätze des Stadions zu. Aus allen Fensteröffnungen wehten Schals und Fahnen heraus.

Die Damen peilten die Kneipe »Charly´s Schalker« an und die ersten großen Plastikbecher, gefüllt mit Bier, wurden zur Einstimmung gereicht. Der Präsident des Fan-Klubs war anwesend und sieben schnatternde Mädels und die zurückhaltende Lilli umringten ihn und machten ihn zum Hahn im Korb. Dann schlugen die Golfdamen den Weg ins Stadion ein. Sicherheitscheck, Handtaschenkontrolle und Lilli war ihrem Ziel endlich nahe.

60.199 Zuschauer und drei Farben begrüßten sie. Der Rasen war grün, der Himmel blau mit weißen Wolken und alles andere blau und weiß. Wie sonst? Die Geräuschkulisse erschlagend. Aber da ahnte Lilli noch nicht, wie es sich anhören würde, wenn Schalke ein Tor schoss. Nur mit Mühe vermied sie es, einen zweiten Becher Bier zu trinken. Sie wollte nicht gleich zur nächsten Toilette rennen müssen und außerdem war es ihr wichtig, Herr ihrer Sinne zu sein, wenn sie sich so einer gigantischen Veranstaltung stellte. Sie tauchte in die Masse Fußballmensch ein, wurde ein Teil davon. Ihr Pulsschlag erhöhte sich. Es dauerte nicht lange und sie bewegte sich rhythmisch mit den Fans, die sie umringten, und ließ sich auf die Musik ein. Anfangs summte sie die Lieder nur mit. Später sang sie aus voller Kehle. Sie beteiligte sich an den Schlachtrufen, reagierte wie gewünscht auf den Animateur, den Anheizer, der mit einer Flüstertüte die Massen steuerte. Lilli war selbst ohne Bier nicht mehr Herr ihrer Sinne. Sie dachte an Gustave Le Bons und Siegmund Freud, denn sie erlebte in diesem Moment »das Phänomen der Masse«.

Ihre Augen verfolgten das Spiel, was aber schwer war, weil sie die Spieler nicht erkannte. Spielernamen konnte sie oft nicht schnell genug lesen und die Rückennummer brachte sie nicht sofort in Verbindung mit dem Namen. Das erste Tor für Schalke wurde erzielt, und sie war mit den Augen dabei und riss wie fast alle in der Veltins-Arena die Arme hoch und brüllte »Tor, Tor, Tor!« In der gegnerischen Fankurve war es verständlicher Weise total still.

Die jungen Burschen, die vor ihr standen, drehten sich um. Sie klatschten sich ab und Lilli lag in den Armen völlig fremder Menschen, mit denen sie im Moment den Glücks-taumel eines bevorstehenden Sieges genoss.

»Na, ihr seid aber nen tofften Kegelclub«, rief ein Ju-gendlicher herüber. »Je öller desto döller!«

Die Zeremonie nach einem Tor beeindruckte Lilli und sie wünschte sich nichts mehr als ein weiteres Tor. Die Fan-fare in der Nordkurve erklang mehrmals und hinterließ ein berauschendes Gefühl. Lilli spürte eine bisher nie erlebte Solidarität. Ihr Wunsch nach Toren wurde erfüllt. Nach Gerald Asamoah trafen Larsen und Altintop erneut. Der Spielendstand von 3:1 brachte der Mannschaft drei Punkte. Die Nordkurve bebte - feierte. Lilli konnte gar nicht verste-hen, warum sie immer so viel Respekt vor der Nordkurve gehabt hatte. Hier gab es nur nette Menschen, keine Hooli-gans, keine Ultras, die den Fußball für ihre rechtsradikale Gesinnung missbrauchten.

Der Schlusspfiff schickte zufriedene Schalke-Fans auf den Heimweg und traurig verabschiedeten sich die Biele-felder. Aber wo Sieger sind, gibt es leider auch Verlierer.

Lilli und ihre Damen blieben an ihren Plätzen stehen, denn der Präsident des Fanklubs hatte sie ausfindig ge-macht. Er spendierte eine weitere Lage Bier. Es dauerte nicht lange und eine kleine private Feier war im Gange. Umringt von Fans, die sich alle untereinander zu kennen schienen, beglückwünschten sie sich ununterbrochen. Das Stadion leerte sich und die Damengruppe begleitete die überwiegend männlichen Fans aus dem Sauerland zum Parkplatz der Reisebusse. Lilli war wieder auf Normaltem-peratur.

»Warum bringen wir die feiernde Meute jetzt zum Bus-parkplatz und gehen nicht zur S-Bahnhaltestelle und fahren nach Gelsenkirchen-Buer zurück?«, fragte sie.

»Alles viel zu voll«, sagte Inge. »Wir warten lieber etwas und amüsieren uns vor Ort eine Weile.«

Maggy, die Oberorganisatorin, bezirzte jetzt den Busfahrer der Schlachtenbummler und erreichte, dass er alle acht Damen einsteigen ließ, und dieser versprach, sie zum Busbahnhof nach Gelsenkirchen-Buer zu bringen. Da der Reisebus bis auf den letzten Platz ausgebucht war, mussten sie im Mittelgang auf Bierkästen sitzend und die wenigen Kilometer in dieser ungesicherten Kauerstellung zurücklegen. Und dann ertönte von der Rückbank die Fanfare und Lilli schien das Trommelfell zu platzen. Was passierte hier? Sie war stocknüchtern und wäre, wenn man ihr Handeln vorher beschrieben hätte, tausendprozentig sicher gewesen, dass sie nie in diesen Bus eingestiegen wäre. Aber sie hatte es trotzdem getan. Sie saß auf einem leeren Kasten Veltins. Ein Phänomen, über das sie sich später lange wunderte und es sich nicht erklären konnte. Der Bus reihte sich in den fließenden, na ja, in den stockenden Ampelverkehr ein und nahm Kurs auf Gelsenkirchen–Buer. Laut grölend, den Sieg feiernd, Bierflaschen schwenkend kam die illustre Gesellschaft im Schneckentempo ihrem Ziel, näher. Die Fanfare ertönte wieder. Wenn sie bis dahin stolz auf sich war, Schalke in der Nordkurve erlebt zu haben, zweifelte sie jetzt daran am richtigen Ort zu sein. Froh, die fremde, jubelnde Truppe zu verlassen und nach unendlichen Umarmungen und biergeschwängerten Küsschen, die sie über sich ergehen ließ, entstieg sie dem Bus. Die frische Nachtluft tat gut. Die Ereignisse der letzten Stunden waberten nach. Sie verabschiedete sich von ihren Damen.

»Jetzt gehen wir in die Kneipe dort drüben und werden

in Ruhe den Sieg feiern. Beim Sieg läuft das volle Programm. Mitgefangen, mitgehangen«, wurde Lillis Verabschiedung abgewehrt. Sie ließ sich zu einem antialkoholischen Absacker überreden.

Weit nach Mitternacht schlich sie in die familiäre Wohnung. Die regelmäßigen Atemzüge ihres Mannes beruhigten sie. Sie war wieder in ihrer Welt angekommen.

Ihr Sohn hatte sie gehört und steckte den Kopf durch die Zimmertür: »Mama, wo kommst du denn jetzt her?«, fragte er erstaunt. Die Frage klang so, wie Lilli sie meistens zu stellen pflegte, wenn ihre Kinder sich in ihre Zimmer schlichen, weil sie die Sperrstunde überschritten hatten.

»Haben die Schalker für dich zweimal gespielt?«, fragte er und verzog sich grinsend in sein Zimmer.

Ich dich auch

Heute Morgen beim Joggen blieb Lisa abrupt stehen und fragte: »Hab ich dir heute schon gesagt, dass ich dich liebe?«

»Ich dich auch!«, antwortete ich, nach Luft ringend, »aber glaubst du, dass jetzt die passende Situation für romantische Liebeserklärungen ist?«

»Wieso? Ich habe doch nur gesagt, dass ich dich liebe. Du hast gesagt: Ich dich auch! Was ist daran romantisch?« Ich begann auf der Stelle zu laufen. Mir wurde kalt.

»Lass uns weiter«, sagte ich und lief wieder los.

»Ich hätte auch sagen können: Ich hasse dich. Hättest du dann auch geantwortet: Ich dich auch?«

»Nein, natürlich nicht«, antwortete ich.

»Wieso natürlich nicht. Du willst mir doch nicht erzählen, dass du mir überhaupt zugehört hast? Was ist an deiner Antwort natürlich?«

»Ich hätte auch - selbstverständlich nicht - sagen können.«

»Hast Du aber nicht«, keifte sie.

»Geht es jetzt endlich weiter?«, fragte ich.

»Nein. Das werden wir jetzt erst mal klären.«

»Werden wir nicht!«, entgegnete ich und setzte meine Joggingrunde fort. In der nächsten Kurve schaute ich kurz über meine Schulter. Lisa lief zurück und drehte sich im selben Moment zu mir um und schrie hinter mir her: »Du kannst mich mal!«

Ich konterte: »Du mich auch!«

So oder ähnlich begannen immer unsere Auseinandersetzungen. Wegen nichts. Diesmal wegen drei Worten: liebe und auch. Lisa wollte immer alles ganz genau formuliert haben. Ich liebte nun mal kurze knappe Sätze, in jeder Lebenslage, auch bei Liebeserklärungen.

Einmal war sie richtig froh, dass ich kein Freund großer Reden war. Sie bereitete mich darauf vor, mich ihren Eltern vorzustellen.

»Rede nur, wenn du gefragt wirst«, war ihre erste Anweisung.

»Klar«, sagte ich.

»Wenn mein Vater dich nach deinem Job und deinen Zukunftsplänen fragt, sage ihm, dass du mich jederzeit ernähren kannst.«

»Stimmt doch gar nicht«, sagte ich.

»Macht doch nix, Hauptsache er glaubt es.«

»Wenn meine Mutter dich fragt, ob du mich liebst, antworte einfach mit Ja«

»Ja«, sagte ich, »stimmt doch gar nicht.«

»Und erzähl bloß nicht, dass du Bayern-Fan bist, mein Vater hält nichts von Fußball und von den Bayern speziell gar nichts. Bemüh dich also um ein klares Hochdeutsch. Wenn eines meinen Vater auf die Palme bringt, dann ist es ein bayrischer Dialekt.«

Sie hielt einen Moment inne. »Was hast du da gerade gesagt?«

»Stimmt doch gar nicht«, sagte ich.

»Was, du liebst mich gar nicht?« Sie forderte damals einen sofortigen Beweis und fiel über mich her. Wir liebten uns. Was sind schon Worte, wenn Taten das Gegenteil beweisen?

»Und sag ihm auf keinen Fall, dass ich bei dir wohne und mein kleines Zimmer verwaist ist. Er ist so durch und durch moralisch«, sagte sie.

»Okay, werde ihm verschweigen, dass der Sex mit dir Spaß macht.«

»Und rede auf keinen Fall mit ihm über Politik.«

»Traust du mir nicht zu, mich mit deinen Eltern zu unterhalten?«

»Nein, nein. Es ist nur: Was mein Vater nicht weiß, kann ihn auch nicht aufregen.«

»Okay. Fassen wir mal zusammen: Ich darf nicht mit deinem Vater über Politik reden. Über Sex muss ich schweigen. Hätt ich sowieso getan und Fußball ist tabu, ebenso mein Studium, meine Zukunft und meine Herkunft.«

»Genau«, sagte Lisa zufrieden.

»Warum stellst du mich deinen Eltern überhaupt vor?«

»Weil man das so macht, wenn man schon so lange zusammen ist.«

Lisas Eltern betraten das Restaurant. Wir saßen bereits am Vierertisch. Ihr Vater kam auf mich zu, sah mich an. Ich stand auf, um ihn zu begrüßen. Er reichte mir die Hand und klopfte mir freundschaftlich auf die Schulter. Dann blickte er zu seiner Frau hinüber und sagte: »Junger Mann, bevor wir uns jetzt setzen, muss ich einiges klarstellen: Ich darf mit Ihnen nicht über meine Tochter sprechen, Sie nicht nach Ihrem Beruf fragen und erst recht nicht nach Ihrem Einkommen. Auch die Frage nach Ihrer Vorstellung von Treue hat mir meine Frau verboten.« Dabei schüttelte er mir rhythmisch die Hand, als wolle er sie nie wieder loslassen.

»Freut mich, Sie kennenzulernen. Ich darf nicht über Fußball, Politik, Studium und Sex sprechen«, gestand ich ihm. Ich schaute meinen zukünftigen Schwiegervater an und spürte eine innere Verbundenheit.

»Dann ist ja alles klar«, sagte er. »Ich glaube, wir werden uns gut verstehen.«

Lisa sah mich entgeistert an. »Du Scheusal«, rief sie und sprang auf. »Ich könnte dich ...«

„Ich dich auch", sagte ich.

(Erstveröffentlichung in der Anthologie: Best of Wort-Café, Siegertext, Bühne Bochum April 2012)

Frühkindliche Arbeitsbeschaffungsmaßnahme

Sag ich jetzt was? Oder sage ich nichts? Anna fiel die Entscheidung schwer. Geht es mich etwas an? Oder geht es mich nichts an?

Sie wendete den Blick ab und vertiefte sich wieder in ihr Buch. Monotone Geräusche des Linienbusses und leise Gesprächsfetzen nahm sie kaum wahr und tauchte wieder ab in das Geschehen ihres Romanhelden. Sie kauerte sich etwas tiefer in den hartgepolsterten Sitz, schräg gegenüber dem mittleren Einstieg. Alle täglich wiederkehrenden Geräusche konnte sie ausblenden, sogar heftige Beats, die aus den Ohrsteckern des Schülers auf dem Sitz hinter ihr drangen. Nur das Knistern einer Bonbontüte zog immer wieder ihre Aufmerksamkeit auf sie.

Der Bus bremste. Ein leises Quietschen war zu hören. Der letzte Tritt auf das Bremspedal wurde vom Busfahrer etwas heftig ausgeführt. Die Fahrgäste machten alle eine leichte Vorwärtsbewegung und wurden anschließend in die Sitze zurückgedrückt. Der Bus stand. Mit einem schmatzenden Geräusch öffnete sich die mittlere Doppeltür. Zwei Fahrgäste stiegen ein, fanden einen Sitzplatz. Anna schaute auf und ihr Blick fiel auf den Kinderwagen, der auf der mittleren Freifläche abgestellt war, von dem das ständige Knistern ausging. Ein circa zweijähriges Kind saß darin und fischte ein neues Bonbon aus der Tüte und versuchte das Papier von der Süßigkeit zu entfernen. Genüsslich lutschte und kaute der kleine Mensch auf einem Bonbon herum, während die Händchen sich mit dem Nachschub beschäftigten. Ein Bonbon war dem Kleinen, mit Speichel benetzt, aus dem Mund geflutscht. Es klebte an der Wolldecke, mit Pandamotiv, die seine Füße bedeckte. Sein rotes T-Shirt war vollgesabbert. Anna sah auf den schwarzen Noppenboden und begann zu zählen. Fünf Bonbonpapiere dekorierten die Standfläche des Kinderwagens. Das sechste gesellte sich dazu.

»Langsam, Kevin«, sagte eine junge kaugummikauende Frau, »immer eines nach dem anderen. Du verschluckst dich sonst.« Sie hatte den Satz noch nicht beendet, da hustete und prustete der Kleine, was das Zeug hielt. »Siehst du, hab ich doch gesagt«, rief sie und schlug dem Kind mit der flachen Hand auf den Rücken. Eine weitere gelbe klebrige ovale Süßigkeit fiel auf den Boden. Kevin hatte sich wieder beruhigt und stopfte sich gleich das nächste Bonbon in den Mund.

Wie kann die Mutter dem Kind so unkontrolliert Süßigkeiten verabreichen, dachte Anna. Die Milchzähne des Kleinen haben Karies, bevor sie überhaupt herausgewachsen sind. Wieder fiel ein Bonbonpapier auf den Boden. Die Mutter hielt mit einer Hand den Kinderwagen, obwohl sie die Bremse angezogen hatte. Sie demonstriere damit, der gehört zu mir. Mehr Interesse schien sie im Moment an dem Kleinen nicht zu haben. Sie sah gelangweilt aus dem Fenster.

Wo fährt sie so früh am Morgen hin, ging es Anna durch den Kopf: Zur Tagesmutter? Zum Kinderarzt? Sie betrachtete sie etwas genauer. Ihre Turnschuhe waren abgetreten, ihre Jeans fleckig. Das bleibt nicht aus, wenn so ein sabberndes Kleinkind ständig auf dem Schoß sitzt, dachte Anna. Allerdings war der Gesamteindruck eher ungepflegt. Die Fingernägel waren Kunstwerke. Hoffentlich verletzte sie den kleinen Burschen damit nicht. Anna erinnerte sich an

Florence Griffith-Joyner, deren Markenzeichen lange, buntlackierte Fingernägel waren. Anna legte ein Lesezeichen in ihr Buch und steckte es in ihren Rucksack. Sie blickte Kevin an, suchte den Augenkontakt zu ihm. Sie zwinkerte. Der Kleine legte den Kopf verschämt auf die Seite, schaute weg. Wenn ich dich nicht sehe, dann siehst du mich auch nicht. Er blinzelte wieder zu Anna herüber. Ein breites Grinsen huschte über sein Gesicht.

Noch zwei Stationen, dann würde Anna aussteigen müssen. Ihre Beobachtungen hielten sie gefangen. Was dachte die junge Frau, was beschäftigte sie so sehr, dass sie ihr Kind mit einer Tüte Bonbons ruhigstellte? Die Frau zog ihr Handy hervor, tippte eine SMS ein, sah wieder auf die vorbeiziehenden Häuserreihen.

»Äh, äh, hm«, gab Kevin in kontinuierlicher Tonfolge von sich und reckte seine klebrige Hand der Mutter entgegen. Er rutschte tief in seinen Wagen hinein und wurde nur von dem Schrittgurt gehalten. Die Mutter zog eine Trinkflasche aus dem Netz des Kinderwagens, schraubte sie auf und reichte sie ihrem Sohn. Das Gequake verstummte. Ob in der Flasche ungesüßter Fencheltee ist oder gesüßter Zitronentee oder Limonade, überlegte Anna.

Der Kleine tat ihr leid. Kevin schien zufrieden. Sein niedliches Kindergesicht war völlig entspannt, als die Flüssigkeit in seinen Magen floss. Das, was an den Seiten überschwappte, lief in Schlieren den Hals entlang und verschwand im T-Shirt. Er setzte ab und atmete hörbar ein.

Der Bus fuhr Annas Haltestelle an. Sie musste aussteigen. Kevin pellte eine neue Süßigkeit aus und warf das Papier zu Boden. Anna stand bereit, den Bus zu verlassen, ihren Rucksack über die Schulter gehängt. Durch Betätigung des roten Knopfes hatte sie dem Busfahrer angekündigt, aussteigen zu wollen.

In ihrer Ohnmacht, dem Kind nicht helfen zu können, sah sie auf das Chaos auf dem Boden und sagte zu der jungen Mutter: »Sie sollten die Bonbonpapiere aufheben, wenn Sie Ihrem Kind schon so eine Menge Süßzeug erlauben!«

Diese sah Anna entgeistert an.

»Irgendjemand muss doch dafür sorgen, dass in Deutschland Arbeit geschaffen wird. Glauben Sie, ich nehme der Frau die Möglichkeit auf Arbeit weg, die heute Abend den Bus putzt?«, antwortete die junge Mutter.

Engel und Lakritzstangen

Früher, als Kind, sprach ich mit meiner Mutter regelmäßig ein Abendgebet. Die Zeilen mit den vierzehn Englein kannte ich auswendig, obwohl ich nur bis zehn zählen konnte. Jeden Abend setzte Mutter sich zu mir an das Bett und bat die himmlischen Wesen, mich zu beschützen. Die kindliche reale Vorstellung, dass ich von vielen kleinen Engeln umringt sei, machte mir eher Angst, als dass ich mich in Sicherheit wähnte.

Meine Mutter verließ mein Zimmer, löschte das Licht und lehnte die Tür nur an. »Schlaf gut!«, flüsterte sie mir zu. »Träum was Schönes.«

Meine Augen angestrengt in das diffuse Halbdunkel meines Zimmers gerichtet, konzentrierte ich mich darauf, die Engel, die mich bewachten, zu entdecken. Ich registrierte alles, was in meinem Zimmer passierte und ordnete jedes Knacken meinen Engeln zu. Die Gardine wehte leicht im Luftzug des aufgestellten Fensters. Ich war davon überzeugt, dass einer der beiden Engel, die zu meiner Rechten standen, und damit nahe am Fenster, mit ihrem Flügelschlag den seidigen Stoff bewegt hatten.

Ein Auto kam mit hellen Scheinwerfern die Straße heraufgefahren. Die Lichtreflexe, die auf der Tapete und vom Glas meiner eingerahmten Bilder erzeugt wurden, irritierten mich. Ich bildete mir ein, ich hätte zwei Heiligenscheine gesehen, die unzweifelhaft den beiden Engeln an meinem Kopfende zuzuordnen waren. Ich wollte nicht, dass sich so viele Engel um mich drängten. Ich hörte die leisen Stimmen meiner Eltern aus dem Wohnzimmer, ihr Gemurmel

suggerierte mir, nicht alleine zu sein. Sie würden mich beschützen, egal, was passieren würde. Sie waren für mich da.
»Immer«, hatte meine Mutter gesagt. Und darauf verließ ich mich. Zufrieden schlief ich ein.

»Warum stehen die Engel immer nachts um mich herum?«, fragte ich meine Mutter, »wenn es dunkel ist, passiert doch nichts, da schlafe ich nur. Ich brauche meine Engel in der Schule.«
»Sie sind nicht nur in der Nacht bei dir, sie begleiten dich den ganzen Tag«, sagte Mutter. »Jeder Mensch hat einen Schutzengel. Er ist nur für ihn zuständig und stets an seiner Seite. Dein Schutzengel ist nur für dich da.«

Heute hatte mir Max auf dem Schulweg aufgelauert. Er hatte mir »Kloppe« angedroht, wenn ich ihm morgen nicht eine Tüte mit Lakritzstangen mitbringen würde.
Ich überlegte, wie ich unbemerkt diese Leckerei aus dem Süßigkeitenschrank meiner Eltern bekommen konnte. Wenn ich meine Mutter gefragt hätte, hätte sie mir eine Lakritzstange gegeben, möglich, dass sie mir auch zwei genehmigt hätte, nie aber eine ganze Tüte. Wenn ich ihr gesagt hätte, dass ich die Lakritzstangen brauche, um morgen von Max keine Tracht Prügel zu bekommen, wäre sie mit zur Schule gegangen und hätte sich Max vorgeknöpft und ihm eine Standpauke gehalten. Vielleicht hätte sie es auch meiner Lehrerin gesagt oder Max Eltern angerufen. Dann hätte Max Ärger bekommen und ich in Zukunft noch mehr Angst vor ihm, weil er sicherlich auf Rache sann. Und Vater brauchte ich gar nicht zu fragen. Seine Antwort kannte ich: »Frag Mutter.«

Sollte ich mich auf meinen Schutzengel verlassen? Ich konnte mir nicht vorstellen, dass er sich für mich prügelte.

In dieser Nacht schlief ich schlecht. Ich träumte, dass Max von mir mit breitem Lachen die Tüte Lakritze entgegennahm, sie aufriss und sich eine Stange gleich quer in den Mund schob. Er kaute heftig, zog grässliche Grimassen dabei und der braun gefärbte Speichel rann ihm aus den Mundwinkeln. Anschließend verpasste er mir trotzdem eine Abreibung. Ich wehrte mich und rief meinen Schutzengel zu Hilfe. Aber ich konnte ihn nirgends erblicken. Max hatte auch einen Schutzengel. Sein Heiligenschein flackerte aufgeregt und seine Flügelspitzen zitterten. Jetzt prügelten beide auf mich ein.

Ich wurde wach. Meine Mutter saß auf meiner Bettkante und streichelte über meine Haare.

»Ruhig«, sagte sie. »Was ist los? Schlaf ruhig weiter. Es ist alles gut. Du hast nur schlecht geträumt.«

»Ja«, stammelte ich verschlafen. »Es ist unfair. Zwei gegen Einen.«

Am nächsten Morgen nach dem Frühstück verstaute ich mein Pausenbrot im Schultornister und schlich ins Wohnzimmer. Mutter war im Bad verschwunden und Vater bereits auf dem Weg zur Arbeit. Minutenlang stand ich vor dem Süßigkeitenschrank. Ich setzte mich in den Sessel und starrte die Schranktüren an. Soll ich? Oder soll ich nicht? Ich hatte das Gefühl, die bunte Tüte hinter dem Holz liegen zu sehen. Ich hörte bereits das Knistern und Rascheln des Cellophans, wenn ich danach griff. Die Wasserspülung aus dem Bad rauschte. Gleich wäre die Chance zuzugreifen vorbei. Die Sekunden verstrichen. Ich drehte mich um und ging in die Küche zurück. Ich schwang meinen Schulranzen auf den Rücken, bereit loszugehen. Meine Mutter küsste mich auf die Stirn. »Mach´s gut, mein Kleiner«, sagte sie. Als ich auf den Gehweg trat, sah ich noch einmal zu unserem Küchenfenster hoch. Mutter winkte mir hinterher.

»Oh, mein Gott! Wie siehst du denn aus?«, empfing mich meine Mutter am Mittag. Sie bückte sich zu mir herunter und schloss mich in ihre Arme. Jetzt konnte ich meine Tränen nicht mehr zurückhalten und heulte los. Den ganzen restlichen Schulweg von der Ecke Münsterstraße – Holthauserstraße, dort hatte Max nämlich auf mich gewartet, bis zu unserer Wohnung hatte ich die Zähne zusammengebissen und die Tränen unterdrückt. Die Kleidung war dreckig und in meinem T-Shirt war ein Loch. Mein Gesicht, schmuddelig und blutverschmiert, denn Max hatte mit einem Faustschlag meine Nase getroffen. Meine Mutter wusch mir mit einem warmen feuchten Waschlappen das Gesicht. Die Blessuren waren weniger schlimm, als sie im ersten Moment aussahen. Ich würde nur ein paar blaue Flecken davontragen. Bei einer Tasse Kakao musste ich ihr erzählen, was passiert war.

Als ich an der Stelle der Geschichte angekommen war, als Max stolperte und der Länge nach ins Laub fiel, unterbrach mich meine Mutter.

»Hier, kommt dein Schutzengel ins Spiel«, sagte sie. Ich sah sie erstaunt an.

»Meinst du er hat Max ein Beinchen gestellt?«, fragte ich. »Na ja, er hat auf jeden Fall dafür gesorgt, dass dir nichts Schlimmes passiert ist und du davonlaufen konntest.«

»Meinst du, mein Schutzengel hat wie ein Ringrichter bei uns gestanden und aufgepasst?«

»Ja, kann schon sein«, sagte meine Mutter und bestätigte meine kindliche Fantasie. Sie grinste mich an. »Aber ein anderer Engel hat auch gute Dienste geleistet«, sagte sie und nahm mich in den Arm. »Du hast nicht einfach, ohne mich zu fragen, die Lakritzstangen mitgenommen.«

Ich sah meine Mutter erstaunt an. »Woher weißt du, dass ich die Lakritzstangen einfach so mitnehmen wollte?«

»Dieser Engel hat seine Aufgabe echt gut gemacht und dich davor bewahrt, etwas Unrechtes zu tun. Er hat dich in deiner Entscheidung richtig zu handeln, bestärkt. Außerdem, Mütter sehen immer alles.«

Ob Mutter durch die Tür sehen konnte? Es kam mir unheimlich vor, dass sie bemerkt hatte was ich am Morgen geplant hatte. Oder konnte sie Gedanken lesen?

»Wir werden die Prügelei morgen gemeinsam in der Schule besprechen. Ich hoffe, ihr werdet euch wieder vertragen. Vielleicht lädst du Max mal am Nachmittag zum Spielen ein. Ich könnte euch dann auch ein paar Lakritzstangen spendieren.«

Die Männerwüste

Clara stützte ihr linkes Bein auf der kleinen Mauer ab, die die Blumenbeete am Schlosspark vom Weg trennte. Sie dehnte ihre Beinmuskulatur und bereitete sich auf die Laufrunde mit ihrer Freundin vor. Die Morgensonne fiel durch das frische Grün. Die Stille, die sie in dieser frühen Stunde umgab, war fast beängstigend. Mit geschlossenen Augen genoss sie die zaghafte Frühlingswärme.

Ines hatte bis auf die letzte Minute geschlafen und hatte jede Sekunde im Bett ausgekostet. Blitzschnell zog sie die Laufkleidung an, spritzte sich etwas Wasser ins Gesicht und putzte die Zähne. Dann hetzte los, um pünktlich am Schlossparkplatz einzutreffen.

Das Laufen und die damit verbundene Fitness standen im Vordergrund ihrer Begegnung. Aber das Gespräch, der Austausch von Informationen und das belanglose Gequassel der beiden Freundinnen war für sie ebenso wichtig.

Ines stieg aus dem Auto und kaschierte ihr Zuspätkommen mit Begeisterung über die Natur. Sie reckte und streckte sich, gähnte ausgiebig und vertrieb die restliche Müdigkeit. Ihre Bewegungen waren weit von den professionellen Übungen Claras entfernt.

»Ich fass es nicht,« sagte Ines, »es kommt mir vor, als hätte ich gestern noch Schnee geschippt und heute laufen wir bereits durch eine schier explosionsartig veränderte Natur. Ich liebe diese Frühlingsboten. Sieh mal, die Schneeglöckchen, die Krokusse und die vielen gelben Narzissen. Blumen überall. Es ist ein Traum.«

Clara gefielen die winzigen Blümchen am Wegrand, aber sie streifte sie nur mit einem flüchtigen Blick. Sie war mehr mit sich selbst beschäftigt, zupfte ihr Halstuch zurecht, gab ihrer Haarspange einen neuen Sitz und blickte ständig auf ihre Puls-Uhr. Sie trippelte auf der Stelle und wartete.

Ines lief nach wenigen hundert Metern keuchend neben Clara her.

»Du musst mir nicht ständig sagen, was hier im Wald alles wächst, ich habe selber Augen im Kopf. Spar dir deine Luft zum Atmen, dann fällt dir das Laufen leichter.«

Ines fiel weiter zurück.

»Bin ich dir zu schnell?«, fragte Clara.

Diese kleine Spitze traf Ines und sie rechtfertigte sich, indem sie Clara darauf hinwies, dass sie es vorher gesagt habe, dass sie keine Sportskanone sei, nie einen Marathon laufen wolle, auch keinen Halbmarathon.

Clara drosselte die Geschwindigkeit und sie übernahm die Gesprächsführung, weil sie Laufen, Reden und Atmen besser in Einklang brachte. Sie berichtete von ihren beruflichen Erfolgen, von ihrem neuen Auto und beschrieb in allen Einzelheiten das Kleid, den Traum von einem Nichts, das vorerst in ihrem Kleiderschrank hing und auf die passende Gelegenheit wartete.

Sie walkten ein Stück, bis Ines Puls sich normalisiert hatte. »Dieses Kleid, von dem du erzählt hast, was sagt denn Tommy dazu?«, fragte Ines. »Ich kann mich nicht erinnern, dass er so elegante schulterfreie Fummel, die man nur mit den entsprechenden Lackschühchen tragen kann, mag. Oder hast du ihn zu einem passenden Anzug überreden können?«

»Tommy! Ach, der. Das hab ich dir ja noch gar nicht erzählt, Tommy ist Vergangenheit. Tommy hab ich in die Wüste geschickt.«

Ines blieb abrupt stehen. Clara lief weiter. Als sie merkte, dass Ines gar nicht mehr neben ihr war, drehte sie sich um und starrte in ein entsetztes und fassungsloses Gesicht. Ines machte keine Anstalten weiter zu gehen. Clara lief ein Stück zurück, auf ihre Freundin zu. Sie standen sich auf dem Weg im Park, umgeben von frühlingshafter Natur, gegenüber.

»Du hast ihn in die Wüste geschickt? Das glaub ich doch jetzt nicht! Bist du verrückt?« Ines konnte ihre Fassungslosigkeit kaum verbergen. Clara stand sprachlos vor ihr.

»Was ist mit dir los?«, fragte sie.

Leise startete Ines ihren Redeschwall. »Du bist mit dem begehrenswertesten, gutaussehendsten und beliebtesten Typen des Abijahrgangs zusammen, den die Männerwelt je hervorgebracht hat. Alle Mädels der Jahrgangsstufe haben dich beneidet und du schickst ihn in die Wüste? Unglaublich!«

Ines stemmte ihre Hände in die Taille und schüttelte den Kopf.

»Er hat eine Traumfigur, ist schlank, sportlich und durchtrainiert, hat den liebenswertesten Lockenschopf, den man sich vorstellen kann, ein Gesicht, männlich und zart zugleich, dunkle braune Augen, in denen sich jede gerne einmal vertiefen würde. Und ein Lachen, das ich bei keinem Mann so sexy finde wie bei Tommy.«

»Jetzt mach aber mal einen Punkt. Von welchem Traummann redest du da?«, unterbrach sie ihre Freundin.

»Ständig hatte ich ein schlechtes Gewissen, wenn ich mich mit ihm unterhalten habe, ihn anhimmelte, weil er ja dein Typ war!«, rief Ines.

Clara verstand gar nichts mehr. »Ich hab doch nur gesagt, dass ich mit Tommy nicht mehr zusammen bin. Ich versteh echt nicht, warum du dich so aufregst.«

»Warum ich mich so aufrege? Das fragst du, ausgerechnet du! Hast du verdrängt, dass ich in Tommy verliebt war, echt verliebt und dass du, meine damalige beste Freundin, ihn mir ausgespannt hast.«

»Ich habe niemandem den Freund ausgespannt. Zum Verliebtsein gehören immer zwei und Tommy hat sich damals für mich entschieden. Das Thema war abgeschlossen. Hat ja auch schließlich drei Jahre mit uns geklappt.«

»Drei Jahre, was sind denn schon drei Jahre. Und jetzt hast du ihn in die Wüste geschickt. Hast du einen anderen?«, giftete Ines Clara an.

Clara machte einen versöhnlichen Versuch. »Lass uns doch gemeinsam unser Singledasein genießen. Lass uns meine wiedergewonnene Freiheit feiern und unsere alte Freundschaft wieder aufleben lassen.«

Ines schüttelte den Kopf. »Was verstehst du schon vom Singelsein. Du bist ja nicht zum Alleinsein verdammt. Dir liefen die Männer doch immer schon hinterher.«

Sie stützte die Hände auf ihre Oberschenkel und beugte sich nach vorn. Vor ihren geschlossenen Augen blitzte eine Szene nach der anderen auf, die so real waren, dass Ines selber überrascht war. Tommy, wie er lächelte. Tommy, wie er ihr ein Auge zukniff. Tommy, wie er seinen starken Arm um sie legte, wie sie spielerisch unter Freunden miteinander gelacht hatten.

»Ines, komm weiter, mir wird kalt.«

»Nein«

»Stell dich nicht so an, Tommy leidet nicht. Glaubst du, er sitzt jetzt in der Wüste und trauert oder schmollt? Sicher nicht. Da wo Tommy ist, ist immer vorne, so gut solltest du ihn kennen.«

Ines war die Lust auf die Fortsetzung der Laufrunde mit Clara vergangen. Sie richtete sich auf, blickte Clara an.

»Lauf alleine weiter«, sagt sie. »Ich kehre um und gehe zum Parkplatz zurück.«

Dann eben nicht, dachte Clara.

Sie war stets für alle Eventualitäten gewappnet. Sie stöpselte sich ihre Kopfhörer in die Ohren, stellte die Musik auf laut und lief weiter, so als hätte es das Gespräch mit ihrer Freundin gar nicht gegeben.

Ines lief den Weg zurück. Immer wieder blieb sie stehen, schloss die Augen und sah Tommys strahlendes Lächeln. Beinahe hätte sie eine ältere Damen umgelaufen, die den ersten Spaziergang des Tages mit ihrem Dackel machte. Ines Wortschatz war auf ein Wort zusammengeschrumpft: Tommy.

Sie ging wieder ins Bett zurück und träumte zum ersten Mal von Tommy, ohne ein schlechtes Gewissen zu haben, ohne zu befürchten, dass Clara auftauchte und bemerkte, wie sehr sie Tommy begehrte.

Sie begegnete Tommy in der Männerwüste. Es war eine Wüste, die sich von der Sahara nicht wesentlich unterschied. Eine Landschaft halt, die aus nichts anderem bestand, als aus Sand. Soweit das Auge reichte sah sie Sand. Diese vegetationslose Gegend unterschied sich von anderen Wüsten nur durch ein Merkmal. Auf Sandhügeln saßen Männer, die alle von ihren Partnerinnen hierher geschickt wurden. Die Sonne brannte gnadenlos und attackierte die bemitleidenswerten Geschöpfe. Sie konnten sich nicht fortbewegen, waren dazu verdammt in ihrer Position zu verharren. Frauen umkreisten aufgeregt diese Sandhügel. Auch Ines lief von Hügel zu Hügel. Sie schwitzte. Ihre Kleidung klebte an ihrem Körper. Sie merkte, wie die Sonne auch ihre Haut verbrannte. Aber sie lief weiter, monoton und ausdauernd, nur von dem einen Gedanken getrieben, Tommy zu finden. Und dann sah sie ihn. Tommy thronte auf einem Hügel und war umrundet von Frauen. Ihr Begehren war eindeutig. Ines winkte Tommy zu. Ihr Herz macht einen Salto. Schmetterlinge im Bauch waren dagegen ein harmloses Gefühl. Auch Tommy schien sie entdeckt zu haben. Seinen Mund dehnte er in die Breite und perfekt weiße Zähne blitzten ihr entgegen. Es traf sie ein Lächeln, das die Welt aus den Angeln hob.

Die Sommerblumen verströmten einen schweren Duft. Seit Tagen lag eine sommerliche Wärme über der Stadt. Die sportlichen Aktivitäten wurden nur noch in den frühen Morgenstunden absolviert. Auch Ines trieb es in aller Herrgottsfrühe hinaus in den Park. Oft hatte sie an Clara gedacht, auch wenn sie beabsichtigt hatte, sie aus ihren Gedanken und ihrem Leben zu verbannen.

Um so erstaunter war sie, als Clara anrief und sich mit ihr zum Joggen verabreden wollte. Sie tat so, als sei nichts zwischen ihnen vorgefallen.

»Hallo, Ines, Clara hier. Ich wollte mich mal wieder melden. Hast du Lust, eine Runde mit mir im Park zu laufen?« Ines verschlug es zuerst die Sprche, aber sie verabredete sich dennoch.

Clara machte gerade die ersten Dehnübungen, legte ihr

linkes Bein auf der kleinen Mauer ab, die die Beete des Schlossparks vom Weg trennten und bereitete sich auf die Laufrunde mit ihrer ehemaligen guten Freundin vor. Sie blinzelte in die Morgensonne und die Stille, die sie in dieser frühen Stunde umgab, war beängstigend. Ihre Augen geschlossen, genoss sie die sommerlichen Temperaturen.

Ines hatte mal wieder bis auf die letzte Minute geschlafen und jede Sekunde im Bett ausgekostet. Blitzschnell zog sie ihre Laufkleidung an, spritzte sich etwas Wasser ins Gesicht und putzte sich die Zähne, dann hastete sie los, um pünktlich am Schlossparkplatz einzutreffen.

»Und, bist du mir noch böse?«, fragte Clara. »Was hast du während unserer Sendepause so angestellt, erzähl mal? Ich hab ja immer noch nicht so genau verstanden, warum du dich damals so sehr aufgeregt hast. Doch lass uns einfach nicht mehr darüber sprechen. Okay?«

»Okay«, erwiderte Ines und lief los.

»Ich hab einen Traumurlaub hinter mir, du glaubst es kaum«, antwortete Clara.

»Schön für dich", entgegnete Ines.

»Wie sieht es in diesem Jahr bei dir aus? Auch schon Urlaub gemacht?»

»Ja. Ich war in der Wüste.«

»Wie in der Wüste? Wo genau, lass hören. Siehst auch richtig gut aus, erholt. Wäre das auch was für mich?«, plapperte Clara gleich drauflos.

»Ich glaube kaum. Es ist kein Reiseziel für dich. Ich war in der Männerwüste, in jenem Teil der Welt, in die Frauen wie du ihre Männer hin abschieben. Und du glaubst es nicht, ich habe mir das schönste und beste Urlaubssouvenir mitgebracht, was es auf diesem Planeten gibt. Tommy!«

Clara blieb abrupt stehen, sah fassungslos hinter ihrer alten Freundin her, die sportlich leicht mit federndem Gang und wehenden Haaren hinter den Bäumen verschwand, ohne sich nach ihr umzusehen.

Platzwahl

Mir war klar, ich würde ihm gleich begegnen. Er hatte die Karten für eine Lesung besorgt.

Nein, eingeladen hatte er mich nicht, dazu wäre er zu kniepig. Die Einladung hätte ich auch nie und nimmer angenommen. Niemals! Es war das Abwegigste, das in meiner Vorstellung Platz hatte.

Er schlug vor, die Karten für sich und mich und all meine anderen Kollegen zu besorgen, weil er sich wieder mal vordrängte, die besseren Connections hatte, wie er großspurig erzählte. Das mit den besseren Beziehungen war nur blödes Gerede. Aber alle hatten schnell begeistert zugestimmt, denn sie waren froh, dass jemand freiwillig diese organisatorische Arbeit übernahm. Als er mich fragte, mit ihm auf diese Veranstaltung zu gehen, hatte ich abgelehnt und Zeitmangel vorgeschoben. Erst als sich herausstellte, dass meine komplette Abteilung an der Veranstaltung teilnehmen würde, schloss ich mich ihnen an. In der Gruppe hoffte ich, die Chance zu haben, ihn auf Abstand halten zu können.

Aber heute sah es mal wieder anders aus. Tim und Kathy hatten kurzfristig abgesagt. Sie gaben die Karten zurück. Jetzt waren wir nur noch zu dritt. Drei nebeneinanderliegende Plätze am rechten Rand der siebten Reihe. Wenn ich nicht aufpasste, saß ich während der Veranstaltung neben ihm und damit gleichzeitig in seiner Aura. Anstatt die Lesung genießen zu können, würde ich mich die ganze Zeit nur damit beschäftigen, ihm auszuweichen. Ein Körperkontakt wäre unausweichlich, weil ihm wegen seiner Körperfülle eine Stuhlfläche nicht reichte. Vielleicht hatte ich ja Glück und er platzierte sich nicht an meiner Seite. Ich plante, meine Platzwahl solange hinauszuzögern, bis seine dicke Sitzfläche endlich auf einem Stuhl zur Ruhe kam. Wenn er es darauf anlegte, neben mir zu sitzen, dann würde er den Platz in der Mitte ansteuern. Mir blieb dann nur die Überlegung, ob ich auf meiner rechten oder meiner linken Arschbacke würde besser sitzen können, um meinen Körper von seinem fernzuhalten.

Wir betraten den Veranstaltungsraum. Diese Sorte Stühle, in Sitzreihen aufgestellt, liebte ich gar nicht. Sie waren miteinander verankert. Das mag ja durchaus Vorteile für den Veranstalter haben, aber für mich war es gar nicht gut. Ich konnte meinen Stuhl nicht bewegen. Keinen Zentimeter konnte ich ihn weiter von meinem Arbeitskollegenalbtraum entfernen, keine etwas größere Lücke zwischen uns schaffen.

Ich wartete vor der Stuhlreihe. Die Menschen, die ebenfalls in Reihe 7 Einzug halten wollten, drängten schon. Ich trat zur Seite und ließ einige Leute durch. Dann waren nur noch vier Plätze frei.

»Los, Klaus, rein mit dir«, sagte er. »Dann komm ich.«

Er strebte den mittleren Platz an. Würde Klaus jetzt hineingehen, würde der Albtraum meiner schlaflosen Nächte seinen massigen Körper auf den mittleren Platz drängen und ich hatte nur die Chance, mich am Rande neben ihm niederzulassen. Schrecklich!

»Nein,« sagte Klaus. »Ich sitze lieber am Rand, ich bin erkältet, wenn ich dann einen von diesen ekeligen Hustenanfällen bekomme, kann ich schnell den Raum verlassen und störe nicht die ganze Lesung.«

Süffisant grinsend sah er mich jetzt an:»Du hast die freie Wahl, Platz 7/2 oder 7/3.«

Was war das denn für eine freie Wahl? Entweder berührte er meine rechte oder meine linke Flanke. Verdammt! Ich ging frustriert in die siebte Stuhlreihe hinein. Rückenschmerzen linksseitig würde ich nach zwei Stunden Vorstellung diagnostizieren.

Aber wenigstens erreichten mich die Erkältungsbazillen von Klaus nicht. Sie mussten erst mal an einem massigen Körper vorbei. Ich quetschte zur Abschirmung meine Handtasche zwischen mich und meinen widerlichen Stuhlnachbarn.

»Kannst du deinen edlen Beutel nicht auf den Fußboden stellen, wie alle anderen auch?«, fragte er mich.

»Nein«, raunte ich zur Seite,»vielleicht später, ich wusste ja nicht, dass der Fußboden hier so versifft ist.«

Die Veranstaltung muss aber schon gut, fesselnd und interessant werden, um das zu ertragen, was mir jetzt bevorsteht, dachte ich und schwieg. Das Licht ging aus, der Autor betrat die Bühne. Ich merkte schon, wie sich meine Rückenmuskulatur verkrampfte, weil ich das Gewicht meines Oberkörpers auf die linke Pobacke verlagerte. Mein dezent aufgelegtes Parfüm roch ich schon lange nicht mehr, weil die duftende Aura meines Nachbarn nach Muff und Bratkartoffeln mich penetrant gefangen hielt. Ich kramte in meiner Handtasche und genehmigte mir ein extrastarkes Pfefferminzbonbon. Das würde mich vielleicht etwas ablenken.

Der Autor begrüßte seine Zuhörer und las den ersten Text vor. Ich dachte: Des einen Leid ist des anderen Freud, denn der Gast, der jetzt auf dem Platz 7/4 hätte sitzen sollen, war offensichtlich verhindert. Er kam nicht in den Genuss dieser Lesung. Schade für ihn. Ich rutschte schnell auf den freien Sitz links neben mir. Meine Jacke knüllte ich zusammen und drapierte sie auf meinem ursprünglichen Platz und setzte meine Handtasche noch oben auf.

»Wenn du magst, dann stell doch deinen Rucksack noch auf den Stuhl, dann hast du mehr Platz für deine Füße« sagte ich freundlich. In Gedanken sah ich die Barriere wachsen, die ich zwischen Platz 7/2 und 7/4 errichtet hatte. Jetzt konnte ich mich voll auf die Lesung einlassen.

Modell mit roter Spitze

Ich hasse Einkaufen und beschäftige mich lieber mit interessanteren Aktivitäten als dem Füllen von Küchenschränken und Vorratsregalen. Doch leider lässt sich die eine oder andere Beschaffungsaktion nicht vermeiden. Wenn ich dann unterwegs bin, ist eine stets griffbereite Einkaufsliste für mich notwendig. Sie macht den Kopf frei und muss nur abgearbeitet werden. So schärft sie den Blick für Szenen am Rande meiner Einkaufstour.

Der heutige Einkauf führt mich zum Markt, der betonierten hässlichen Fläche am Ende der Fußgängerzone. Eine überschaubare Menge von Markthändlern und eine größere Anzahl fliegender Händler bieten dort ihre Waren an.

Bevor ich in den Duft eintauche, den der Verkaufswagen des örtlichen Fischhändlers verbreitet, fällt mein Blick auf das Schaufenster des Wäschegeschäftes. Hier decke ich meistens meinen Bedarf. Eine dekorative Explosion an Wäschestücken in allen Schattierungen der Farben Lila und Grau zieht meine Aufmerksamkeit auf das Schaufenster.

Vor dem Geschäft, im Bereich der Fußläufigkeit, stehen quadratische Körbe, gefüllt mit Dessous und schlichter Unterwäsche. Es sind Sonderangebote, wie die Werbeschilder mitteilen.

In dem Korb, in dem Slips ab 2,95 Euro angeboten werden, türmt sich ein bunter Berg Textiles auf. In dem anderen Korb sieht es chaotischer aus. Darin befinden sich BHs, deren Haken, Ösen und Träger miteinander zu einem schwarzrotfleischfarbenen Knäuel verknotet sind.

»Na, egal«, in diesem Korb würde ich sowieso nicht wühlen. Ich kaufe mir meine BHs nicht in der Fußgängerzone im Fokus meiner Mitbürger. Ich möchte bei keinem Passanten die Fantasie anregen, sich vorzustellen, wie ich in diesem oder jenem Wäschestück aussehe. Außerdem ist es keine pulsierende fußläufige Einkaufsmeile, in der ich in der anonymen Masse der Kaufwilligen untergehe. Die recht spärliche Anzahl meiner Mitbürger, die diesem Wochenmarkt zustrebt, beschreibt keinen großen Käuferstrom. Ich möchte nicht mit den Menschen, die mich gerade beim Kauf eines BHs beobachtet haben, wenig später bei Wim am Käsestand stehen.

Ich zähle mich zu den Beobachtern und nicht zu den Menschen, die beobachtet werden möchten. Obwohl - manchmal sieht es so aus, als würden die Menschen sich gegenseitig gar nicht mehr wahrnehmen.

Das Objekt meiner heutigen Aufmerksamkeit steht am Wühltisch, auf dem sich der BH-Berg türmt. Ich konzentriere mich auf zwei alte faltige Männerhände, die in dem Geflecht von schwarzrotfleischfarbenen Trägern verschwinden. Schade, denke ich, dass Gold oder wenigstens Gelb nicht zu den Modefarben im Unterwäschebereich gehören, und die fleischfarbenen Modelle ersetzen, dann könnte der Inhalt dieses Warenkorbs als ein nationales Objekt betrachtet werden. Einen BH nach britischem Vorbild im Design eines Union-Jack hab ich schon einmal besessen.

Die derben Männerhände tasten nach Körbchen, in denen demnächst die Rundungen einer weiblichen Brust Halt finden werden. Immer wieder tauchen die Hände in den textilen Berg ein und versuchen, ihm einen BH zu entziehen. Der prüfende Blick des Herrn, zu dem die dunklen recht groben Hände gehören, wird geschärft durch eine dicke schwarz umrandete Brille. Er schaut auf die Etiketten, die an Plastikfäden an die Wäschestücke gekoppelt sind und das Befreien des Objektes seiner Wahl zusätzlich erschweren. Er zupft rechts, er zupft links, lockert den Stapel etwas und dann hält er die Eroberung der Befreiungsaktion in seinen beiden alten Händen. Der rote BH, mit breiten Trägern, geschmackvoll mit Spitze verziert, muss der Prüfung direkt vor seinen Augen standhalten. Zart und liebevoll prüft er die seidige Oberfläche des Stoffs, indem er ihn zwischen Daumen und Zeigefinger reibt. Er schließt die Häkchen, prüft die Dehnbarkeit in Sachen Umfang, indem er mit beiden Händen kräftig daran zieht. Die Konfektionsgröße seines recht umfänglichen Modells, das er in Händen hält, macht den BH zu einem Einzelstück. Die geschätzte Größe seiner Beute ist jenseits von dem, was ich mir vorstellen kann. Jetzt ballt er eine Faust und versucht, die Elastizität des Körbchens zu testen, aber unter Berücksichtigung der Größe hat seine geballte Hand sehr viel Spielraum. Der potentielle Käufer hält inne und die Querfalten, die sich auf seiner Stirn abzeichnen, lassen darauf schließen, dass er versucht, die Maße seiner Frau in dem ausgesuchten Artikel wiederzufinden. Zur letzten Prüfung, ob das mit dem Umfang in Ordnung geht, öffnet er jetzt wieder die Haken und legt sich das Modell um seinen Körper, direkt über den Sommermantel aus braunbeiger Leinenoptik, der ihm bis zu den Waden reicht. Der schwarze lange Bart verhindert den Blick auf den Verschluss, um vor seiner Brust die Häkchen nochmals einzuklicken. Es dauert seine Zeit. Die ungefüllten BH-Körbchen hängen währenddessen schlaff auf seinem Rücken. Ich stehe immer noch etwas abseits, unfähig, mich für irgendetwas aus dem Warenangebot draußen vor diesem Wäscheladen oder in dem Schaufenster zu interessieren, und gebe mich weiter meinen Beobachtungen hin.

Ein braun gebrannter Mitbürger, der nach sechs Wochen Malle aussieht und die Sechzig schon lange überschritten haben dürfte, gesellt sich zu mir. Er scheint die getätigten Einkäufe seiner Frau bewachen zu müssen, denn Tüten und Tasche gruppiert er vor seinen Füßen. In seiner Funktion als Packesel wartet er vor dem Wäschegeschäft. Auch er ist fasziniert von dem Auswahl- und Testverfahren des alten Mannes.

»Bringt Ihnen Ihr Mann auch immer rote BHs aus der Stadt mit,« fragt er mich. Ich bin leicht irritiert.

»Nein, wo denken Sie hin,« antworte ich entrüstet, obwohl mir durch den Kopf schießt, wüsste nicht, was Sie das angeht. Ich lasse es aber unausgesprochen.

»Wollte schon immer mal wissen, was die alten Damen, verhüllt von Kopf bis Fuß so unter einer Burka tragen?«, fährt er fort. Sein amüsiertes Schmunzeln trifft mich und ich spüre, dass eine Art von Solidarität von ihm ausgeht. Ich lächle nicht zurück.

Es ist anders als du denkst

Cordula quälte sich aus dem Bett. Die beiden kleinen Kinder saßen im Schulbus, Oliver, ihr Ältester, hatte sich auf sein Rad geschwungen und ihr Mann Klaus musste bereits auf der Autobahn sein, auf dem Weg zur Arbeit. Nur noch 5 Minuten, dachte sie, dann fange ich an. Sie war wieder eingenickt und als sie endlich aufwachte, waren die Zeiger des Weckers eine Stunde weitergewandert. Ihr Hausfrauenpensum wartete auf sie.

Benommen hockte sie auf der Bettkante und die wabbelige Masse ihres zwei Monate alten Wasserbetts sorgte dafür, dass ihr flau im Magen wurde. In dem Moment war ihr klar, sich nie an diese bewegliche Unterlage zu gewöhnen. Sie hielt Ausschau nach ihren Puschen. Die Stelle, an der sie hätten stehen müssen, war leer. Kurzerhand schlüpfte sie in die Badelatschen, die seit Tagen neben dem Kleiderschrank lagen und es verstanden, sich perfekt zu tarnen, und so nie den Weg in die Dunkelheit des Schranks fanden.

Der Blick aus dem Fenster präsentierte ihr eine winterliche Landschaft. Wann begann endlich der Frühling? Eine Decke aus feinem puderigen Schnee überzog den Garten. Ob dieses winterliche Aufflackern die Frühlingsboten im Wachstum beeinträchtigen würden? Es sah schon komisch aus, wie die gelben Narzissen ihre Blüten aus der Schneedecke herausstreckten. Cordula liebte die bunten Blumen in ihren Beeten und billigte nur den Schneeglöckchen zu, sich unter dieser weißen Pracht wohlzufühlen.

Verschlafen reckte sie sich und steuerte die Küche an. Minuten später röhrte und gurgelte die Kaffeemaschine. Im Vorbeigehen schaltete sie den Fernseher ein. Der Nachrichtensprecher strahle sie mit einem ausgeschlafenen perfekten Lächeln an. Woher hatte der nur so strahlend weiße Zähne? Er berichtete von der Agenda-Lüge. Diese negative Berichterstattung stand gar nicht im Einklang zu seiner Ausstrahlung.

Raschelnde Geräusche kamen aus Olivers Zimmer. Hatte der Bursche mal wieder vergessen, seinen Zimmergenossen zu füttern? Oder warum veranstaltete der kleine Kerl solch eine Randale? Zuerst muss es unbedingt ein Haustier sein. Verantwortung übernehmen, steht im Vordergrund. Dann muss das Tier auch noch etwas Besonderes sein, exotisch und extravagant. Die Schulkollegen beeindrucken, ist das nicht ausgesprochene Argument. Jetzt lebte Dennis, das Frettchen, als sechstes Familienmitglied hier in unserem Haushalt und wer hat die ganze Arbeit damit? Ich. Wer sonst?

Jetzt aber avanti, motivierte sie sich, öffnete die Tür zum Hausarbeitszimmer und bewaffnete sich mit dem Staubsauger. Im Nachthemd stürmte sie in Olivers Zimmer.

Das Frettchen ging in seinem Käfig in Deckung. Das Tohuwabohu, das sich ihr bot, war gigantisch. Ihr verehrter Herr Sohn hatte seine dreckigen Schuhe auf den Sessel geschleudert und der Inhalt des Kleiderschranks schien überall in seinem achtzehn Quadratmeter großen Jugendzimmer verteilt zu sein.

»Und ein Gestank ist das hier«, brüllte Cordula und schob die Übergardine zur Seite. »Lüften kennt die Jugend heutzutage nicht. Sie ersticken lieber im eigenen Mief«, nuschelte sie. Schwungvoll riss sie den rechten Fensterflügel auf. Er flog weit zurück und traf den hochgewachsenen Kaktus, den Oliver aus der Erbmasse seiner Oma Elli mitgenommen hatte. Er hütete dieses Gewächs wie seinen Augapfel. Manchmal kümmerte sich ihr Herr Sohn mehr um den Kaktus als um das Frettchen.

Der Kaktus hatte Glück, dass er überhaupt noch lebte, so nass wie der war. Bei seinem Aufprall auf den beigefarbenen Teppichboden entwich das matschige Erdreich dem Topf und spritzte an die Tapete, die einen blutroten Sonnenuntergang am Meer zeigte, Olivers ganzer Stolz. Allerdings vor drei Jahren. Was würde er jubeln, wenn sie ihm das Malheur präsentierte, endlich bekäme er den langersehnten neuen Wandschmuck. Er hatte sich schon eine Fototapete ausgesucht, die seinen Vorstellungen aktuell mehr entsprach.

Vorsichtig versuchte Cordula, die Pflanze hochzuheben. Die ekeligen Stacheln piksten sich in ihre Hand. Sie ließ den Kaktus erneut fallen. Topfhandschuhe! Wo sind meine Topfhandschuhe? Eine andere Möglichkeit fiel ihr im Moment nicht ein, dieses stachelige Monstrum anzufassen.

Doch sie entschied sich anders. Sie zog aus dem Berg dreckiger Wäsche ein Unterhemd und ein T-Shirt von Oliver und wickelte sich den Stoff um die Hände. Eine perfekte Lösung war es nicht, aber sie schaffte es, die Pflanze wieder in den Übertopf zu hieven.

Sie atmete tief durch, lehnte sich an die Kante von Olivers Arbeitstisch. Was für ein Tag, nichts läuft heute rund. Das allgemeine Chaos in diesem Zimmer setzte sich auf dem Schreibtisch fort.

Aufmerksam betrachtete sie die Unordnung auf der Arbeitsplatte ihres Sohnes. Sie stutzte. Ausgeschnittene Worte aus Zeitschriften lagen dort in Massen unsortiert herum. Warum schnitt Oliver diese Wortfetzen aus? Was hatte das zu bedeuten? Sie schob die Papierschnitzel hin und her, versuchte Sätze damit zu bilden. Nichts fügte sich sinnvoll zusammen.

Erschrocken hielt sie sich die Hand vor den Mund, so als würde sie einen Aufschrei unterdrücken. Er wird doch wohl keinen Erpresserbrief schreiben? Oliver nicht, nein, niemals. Das traute sie ihm nichts zu. Oder doch? Würde er einen seiner Mitschüler erpressen? Jetzt betrachtete sie die Worte genauer: Übergabe, Holzstapel, Dunkelheit, Gründe, letzte Chance, Zeitpunkt, Fliegen, telefonieren, spachteln, Vater. Das Ganze gab keinen Sinn. Sie würde Oliver am späten Nachmittag nach Schulschluss fragen.

Eine Batterie kleiner Lackflaschen zog ihre Aufmerksamkeit auf sich. Seltsam, was macht Oliver mit so vielen Nagellackflaschen: in Dunkelrot, Hellrosa, Lila und eine zartdurchsichtige perlmuttfarbene. In einer Flasche war sogar Goldlack. In diesem Moment fragte sie sich, ob sie ihren Sohn verstand und wann ihr seine Gedankenwelt entglitten war.

Grübelnd, in Gedanken versunken, beendete Cordula die Putz-Aufräumaktion in Olivers Zimmer. Sie würde ihn zur Rede stellen und fragen, was das zu bedeuten hatte. Den ganzen Tag beschäftigte sie, was ihr Sohn mit diesen seltsamen Requisiten vorhatte. Sie fieberte seinem Schulschluss entgegen.

Oliver knallte die Schultasche in die Ecke, trat sich die Turnschuhe von den Füßen und setzte sich an den Esstisch.

»Wie war es in der Schule?«, eröffnete Cordula das Mutter-Sohn-Gespräch und stellte die Schüssel Salat auf den Tisch.

»Wie immer. Wie soll es schon gewesen sein? Ganz okay.«
Eine lange Schweigephase setzte ein. Oliver kaute auf den gesunden grünen Salatblättern und Tomatenspalten herum und Cordula suchte nach einer Fortsetzungsmöglichkeit des Gesprächs.

»Brauchst du mehr Taschengeld?«, fragte sie ihren Sohn.

»Wie kommst du denn darauf?«, stellte Oliver die Gegenfrage.

»Du hast jetzt erhöhte Ausgaben«, sagte Cordula und zögerte. »Wegen Dennis. Besorge dir nur kein Geld auf eine Art und Weise, die nicht reell ist.«

»Aber Mama, was redest du? Spinnst du?«

Cordula hatte keine Ahnung, wie sie auf den Punkt kommen sollte, ohne ihren Sohn direkt zu fragen. Doch dann platzte es aus ihr heraus: »Was machst du mit den vielen ausgeschnittenen Worten? Schreibst du einen Erpresserbrief?«

Oliver kippelte mit seinem Stuhl und wäre beinahe heruntergefallen. »Aber Mama, hast du wieder in meinem Zimmer gestöbert? Putzen nennt man das heute, oder? Ich hab dir doch gesagt, dass ich mein Revier alleine betreue. Lass in Zukunft die Finger von meinen Sachen.«

Oliver hatte etwas lauter gesprochen.

»Damit du beruhigt bist: Ich versuche, Texte für einen Poetry-Slam zu schreiben, und ich bediene mich einer erfolgreichen Methode. Es gibt Literaten, die wurden mit dem Nobelpreis mit dieser Schnipselmethode geehrt. Kennst du Herta Müller?«

Oliver starrte seine Mutter an. Sie sagte nichts. Sprachlosigkeit ließ sie erstarren.

»Es ist echt anders, als du denkst«, antwortete er.

Cordula war erstaunt. So ein kulturelles Interesse, vor allem an Literatur, hätte sie ihrem Sohn gar nicht zugetraut. Sie bezwang ihre Neugier und verkniff sich, zu fragen, was Oliver mit den Nagellackfläschchen vorhatte. Besonders die mit dem Goldlack interessierte sie. Aber sie fragte nicht.

»Ach, übrigens, bestell dir die neue Fototapete. Ich hab aus Unachtsamkeit das Chaos in deinem Zimmer vergrößert.«

(Erstveröffentlichung in der Anthologie Best of Wort-Café, Siegertext, Bühne Bochum Dezember 2011)

Die Immobiliensuche

Bevor ich in die kiesbedeckte Einfahrt einbog, ließ ich den Motor meines Sportwagens kräftig aufheulen. Ich stieg aus. Die Autotür fiel schmatzend ins Schloss. Vorsichtig, fast zärtlich, streichelte ich über den makellosen Lack meines Porsches. Ein Blick auf die Uhr. Ich war gut in der Zeit und mir blieben fünfzehn Minuten, um das Haus besichtigungsfähig herzurichten.

Jeder meiner Schritte hallte auf dem Parkettboden. Quietschend quälten sich die Rollladen hoch. Das Sonnenlicht durchflutete die Räume und suggerierte Leben. Jetzt kamen deutlich die Gebrauchsspuren der Vorbesitzer zutage. Ich öffnete die Terrassentür und entließ die miefige, abgestandene Luft in den Garten, der die ersten Anzeichen von Verwilderung aufwies.

Die Klangfolge des Türgongs kündigte die Interessenten an. Der Griff zur Krawatte, die schwitzigen Hände an der schlechtsitzenden Anzughose abgewischt, strich ich mir durch die Haare, räusperte mich und öffnete mit einem aufgesetzt strahlenden Lächeln die Haustür. Meine Hand schnellte vor, um die Dame zu begrüßen.

»Sie müssen Herr und Frau Zangendorf sein?«, sagte ich.

»Richtig kombiniert«, antwortete der Herr mir gegenüber. Er streckte mir seine Hand entgegen. Frau Zangendorf zog irritiert die ihrige zurück und wartete mit der Begrüßung, bis ihr Gatte das sekundenlange Händeschütteln beendet hatte. Ich verbeugte mich leicht und wies, mit dem rechten Arm, einladend in das Haus einzutreten.

»Der erste Eindruck ist der Wichtigste«, verkündete die

Dame und stakste ehrfürchtig durch die Diele.

»Schöner Wagen«, sagte Herr Zangendorf, »hat sicher eine Stange Geld gekostet?«

»Schauen Sie sich in Ruhe um, verschaffen Sie sich einen Überblick und wenn Sie Fragen haben, bin ich sofort zur Stelle«, antwortete ich und ignorierte die Bemerkung zu meinem geliebten Sportwagen.

»Torsten!«, rief Frau Zangendorf eine Oktave höher, »komm ins Wohnzimmer, es ist traumhaft, so viel Platz.« Ich beobachtete sie zufrieden von der Tür aus, wie sie sich verliebt im Kreis drehte und über das Parkett schwebte.

»Für diese Fläche haben wir gar keine Möbel! Unsere Sitzecke wird hier verloren aussehen.«

»Es wird dir nicht schwerfallen, für Abhilfe zu sorgen. Du verbringst seit Wochen deine freien Nachmittage in Einrichtungshäusern. Hast du das vergessen?«, hörte ich eine Stimme aus dem Off. Sekunden später betrat Torsten den großen Wohnessraum.

»Was hältst du davon, wenn wir an diese Wand das Klavier stellen?«, fuhr Sabine fort. »Ich höre bereits, wie die Klänge von Beethoven diesen Raum füllen.« Sie schloss ihre Augen und simulierte ein verzücktes Lauschen und summte dabei ein Liedchen, das auch ich kannte und sie nicht gerade als Experten für klassische Musik auswies. Für Elise.

»Langsam, Sabine, kannst du mir bitte sagen, wieso du dieses fremde Haus bereits einrichtest und es mit Leben füllst? Wir hatten besprochen, nüchtern an die Sache heranzugehen.«

»Du Spaßverderber«, maulte sie.

»Schau dir die Wände an, diese megavielen Löcher. Und

Steckdosen an allen möglichen und unmöglichen Stellen. Hat hier vorher ein Elektriker gewohnt?«, richtete Herr Zangendorf die Frage an mich.

»Da bin ich überfragt. Besser ein paar Anschlüsse mehr als zu wenig«, war das einzige Argument, das mir auf diese Feststellung einfiel.

Frau Zangendorf war in die Küche vorgedrungen und ich heftete mich an ihre Fersen.

»Meine Küchenmöbel passen hier aber nicht rein«, sagte sie mehr zu sich selbst. »Es fehlen ein paar Schrankelemente, und ob man Teile nachkaufen kann? Ich glaub es nicht.« Sie schüttelte den Kopf.

»Torsten«, brüllte sie, weil sie ihren Mann aus den Augen verloren hatte. »Torsten, wir brauchen eine neue Küche.«

»Ich geh dann mal in den Keller«, war seine Antwort.

»Glaub nicht, dass eine riesige Werkbank auf der Anschaffungsliste stehen wird, nur weil du jetzt einen großen Keller hast. Andere Dinge sind da wesentlich wichtiger.« Herr Zangendorf antwortete zwar, aber seine Stimme wurde immer leiser und ich verstand nichts.

»Wie viele Schlafzimmer hat das Haus«, erkundigte sich die potentielle zukünftige Besitzerin. Ich wies auf die geschwungene Freitreppe, die eine Etage höher führte. »Nach Ihnen.«

»Ein Schlafzimmer und zwei Kinderzimmer. Wie viele Kinder haben Sie?«

»Ich habe zwei, Anna-Lena und Lisa-Marie.«

»Passt perfekt«, sagte ich.

»Nein, tut es nicht«, korrigierte sie mich.

»Jedes Kind verfügt über ein eigenes Zimmer. Sie könnten aber auch ein Zimmer als Kinderschlafzimmer nutzen und eines als Spielzimmer einrichten«, schlug ich vor. »Es sind ja beides Mädchen.«

»Und können Sie mir sagen, wo die beiden Kinder meines Mannes Platz finden sollen? Kann man nicht das Dachgeschoss noch ausbauen?«

Oh je, ein echtes Problem. Ich war von zwei Kindern ausgegangen und plötzlich waren es vier, die hier einziehen würden.

»Da müsste man in die Pläne Einsicht nehmen und einen Architekten fragen, aber ich bin mir sicher, wir finden eine Lösung für das Problem«, spekulierte ich.

»Was kostet ein Ausbau?«

»Oh, da, da bin ich überfragt«, stotterte ich. »Wird nicht billig sein.«

»Sie sind gut!«, entrüstete sich Frau Zangendorf, »ich habe Ihnen am Telefon gesagt, dass wir beide zwei Kinder haben und dass meine Mutter, Torstens Schwiegermutter, noch lebt.«

»Ja, das haben Sie gesagt. Ich erinnere mich. Ich konnte nicht ahnen, dass jeder von Ihnen zwei Kinder hat. Und nur weil Ihre Mutter noch lebt, muss es ja nicht bedeuten, dass sie auch hier miteinziehen soll.«

» Jetzt werden Sie mal nicht frech, junger Mann. Wo ist die Einliegerwohnung? Jetzt kommen Sie mir bitte nicht mit der Info, dass das Haus keine Einliegerwohnung hat. Wie soll ich meiner Mutter erklären, dass sie nicht bei uns einziehen kann, weil der werte Herr Immobilienmakler uns ein Haus verkauft hat, das keinen Platz für sie bietet?«

Sabine trat auf den Treppenabsatz im Obergeschoss.

»Torsten! Es gibt weitere Probleme. Für meine Mutter

und deine Kinder ist kein Platz in diesem Haus«, schrie sie durch das Treppenhaus, in der Hoffnung, ihre festgestellten Mängel würden bis in den Keller dringen.

Torsten war leicht aus der Puste, als er im Elternschlafzimmer ankam und Sabine in den Arm nahm. »Mein Schatz, es ist ein tolles Haus, der Keller wird mein Reich. Ich hab überschlagen, es passt alles rein. Ich kann mein ganzes Werkzeug problemlos unterbringen, mein Hobby ist gesichert. Und für deine Waschmaschine und den Wäschetrockner ist auch Platz. Das Haus ist groß genug für uns.«

»Und für Ihre beiden Kinder finden wir sicher eine Lösung«, richtete ich mich an Herrn Zangendorf. »Ich habe Ihrer Frau gerade einen Giebelausbau vorgeschlagen. Der löst das Platzproblem und ist, als handwerklich begabt, sicher eine große Herausforderung für Sie.« Mit diesen Worten hatte ich beabsichtigt, mich auf die Welle der Begeisterung aufzuschwingen, die er aus dem Keller mitgebracht hatte. Den Vorvertrag sah ich unterschrieben vor mir liegen. Doch leider irrte ich mich.

»Was gehen Sie meine Kinder an?«, blaffte mich Herr Zangendorf jetzt an.

»Ich dachte, da Ihre Frau von Ihren vier Kinder erzählt hat, dass ...«

»Wieso vier Kinder, ich habe drei Kinder. Sabine, was erzählst du da. Wir brauchen fünf Kinderzimmer. Eines kann aber klein sein. Nicki kommt nur alle vierzehn Tage am Wochenende.«

»Sie sollten in Erwägung ziehen, das Dachgeschoss auszubauen«, schlug ich leicht irritiert noch einmal vor.

»Da schaffen Sie locker auch Platz für das fünfte Kind.«

»Nur, wenn Sie mit dem Preis runtergehen, sonst brauchen wir gar nicht weiter zu verhandeln«, sagte Herr Zangendorf.

»Am Preis kann ich nichts machen. Tut mir leid. Der ausgewiesene Preis im Exposé ist ein Festpreis.«

»Sabine, ich glaube, wir müssen jetzt gehen«, sagte Torsten nach einem Blick auf die Uhr. »Du weißt, wir haben in zwanzig Minuten einen weiteren Besichtigungstermin.«

»Wenn es nur der Preis ist, könnte ich mit dem Eigentümer Kontakt aufnehmen«, und ich versuchte zu retten, was noch zu retten war.

»Nein, nein, ist schon gut, junger Mann«, sagte Frau Zangendorf und ging die Treppe ins Erdgeschoss hinunter. Thorsten stand im Vorgarten und Frau Zangendorf trat neben ihn. Ich begann frustriert die Fenster zu schließen.

»Ich bin auf den Bungalow gespannt, der jetzt auf uns wartet«, hörte ich Frau Zangendorf sagen, dabei drehte sie sich zum Haus und sah mich, der am geöffneten Küchenfenster stand, lächelnd an.

»Welche Masche ziehen wir dort ab?«, fragte ihr Mann. Verblüfft ließen sie mich zurück. Sie streichelte im Vorbeigehen meinen Porsche und ich hörte, wie sie zu ihrem Mann sagte: »Um sein nettes Spielzeug zu finanzieren, muss er noch einige Häuser verkaufen, dieser Immobilienfuzzi. Aber Hauptsache, wir hatten unseren Besichtigungsspaß.«

»Hast du seinen Gesichtsausdruck gesehen, wie er uns nachgeschaut hat?«, fragte Herr Zangendorf.

Mich beschlich der Eindruck, sie waren extra so nahe an dem geöffneten Fenstern stehengeblieben, dass ich ihre Kommentare unweigerlich mitbekam.

Sie klatschten sich ab und gratulierten sich gegenseitig. Dieser Ton, wenn Handfläche gegen Handfläche klatscht, begleitete mich bei meinen zukünftigen Besichtigungsterminen. Der Klang in meinem Ohr machte mich aufmerksamer und ich beäugte meine Kunden kritischer als vorher. Und den Porsche parkte ich von da an immer in einer Nebenstraße.

Der Gartenschlauch

Sie hatte oft gesagt, dass es ihr schwerfiel, ständig die Gießkanne am Kran in der Küchenspüle mit Wasser zu füllen, um die Blumen und Pflanzen auf der Dachterrasse zu gießen.

Seit sie in dem frisch renovierten großzügigen Appartement wohnten, das über eine riesige Terrasse verfügte, genau wie sie es sich vorgestellt hatten, war der Gärtner in ihnen erwacht. Sie bummelten am Samstagmorgen über den Wochenmarkt und neben Obst und Gemüse trugen sie stets einige neue Pflanzen nach Hause. Wenig später bereicherten diese die Pflanzkübel. Am Abend führte sie mindestens einmal wöchentlich ein Ausflug in eines der Gartencenter am Stadtrand.

Klaus war Mediziner und sein Wartezimmer war stets übervoll. Wenn sein Tag über mehr als vierundzwanzig Stunden verfügt hätte, dann hätte er diese zusätzliche Zeit, ohne mit der Wimper zu zucken, auch in seiner Praxis verbracht.

Petra unterstützte ihn täglich bei seiner Arbeit und kümmerte sich um die Organisation seines medizinischen Unternehmens.

Ein eigener Garten war stets ihr Wunsch, aber ihr beruflicher Einsatz stand dem entgegen. Die Wohnung mit einer Terrasse, über den Dächern der Stadt, war genau die richtige Alternative zum Eigenheim. Dieser Außenbereich mit seinen Pflanzkübeln und Blumenkästen bot entspannten Freizeitgenuss, dem sich die beiden Workaholics hingaben. Sie pflanzten, topften um, zupften Unkraut, legten Kräuterkästen an, erfreuten sich an Tomatenstauden und beschnitten ihren Rosenstrauch. Petra betrachtete verzückt ihren roséfarbenen Oleander und Klaus kümmerte sich mit Hingabe um seinen weißblühenden Strauch und das alles in überschaubarem Rahmen im Einklang mit ihrer Arbeitswelt.

Allerdings wurde das stetige Wässern der Pflanzen zu einer kleinen Last. Morgens war es Petras Aufgabe. In den warmen Wetterperioden gierte die blühende Oase durchaus zwei- bis dreimal täglich nach Wasser, um ihre Schönheit zu erhalten. Kannenweise schleppte sie das Lebenselixier der Pflanzen auf die Terrasse.

Zuerst nutzte Petra eine Fünfliterkanne, später schafften sie sich eine mit doppeltem Volumen an. Diese halbierte zwar die Wegstrecke, aber auf Dauer war die Kanne zu schwer zu tragen. Sie füllte sie unter dem schwenkbaren Kran in der Küche. Wenn die Kanne zu voll war, schlabberte sie oftmals auf dem Weg durch die Wohnung und die Kleckerspuren zu entfernen, kostete noch mehr Zeit. Diese Gießerei war eindeutig eine nervige Angelegenheit.

Petra schlug vor, einen Gartenschlauch auf der Terrasse anzubringen, denn es gab einen Wasseranschluss draußen an der Wand. Sie hatten ihn zum Füllen der Kannen nicht genutzt, weil keine Kanne unter den Kran passte. Klaus empfand es optisch störend, eine aufgerollte gelbe Schlange an der Wand zu sehen. Er gab zu bedenken, dass das Wässern mit Schlauch nicht unproblematisch sei. Er befürchtete, dass Petra bei jeder Gießaktion den Balkon unter Wasser setzte und diese makellosen sauberen Fliesen ständig gewischt werden mussten. Es entstand ein kleiner Streit zwischen ihnen. Sie diskutierten über die verschiedenen Farben der Wasserschläuche und das Für und Wider eines

Gartenschlauches auf ihrer gepflegten stets sauberen Dachterrasse mit eindeutigem Wohncharakter. Eine Einigung erzielten sie nicht. Klaus war meistens derjenige, der in ihrer Beziehung nachgab, und er hatte sich nach zwei Tagen des Nachdenkens mit einem Schlauch an der Außenwand abgefunden. Er plante, Petra mit seiner Entscheidung zu überraschen.

Am darauffolgenden Mittwoch fuhr er nach seinem Hausbesuch auf den Parkplatz des Discounters seines Vertrauens. In der Zeitungsbeilage hatte er einen supergünstigen Gartenschlauch im Angebot entdeckt. Den Kaufentscheid beeinflusste neben dem günstigen Preis auch die Farbe des Schlauches. Ein dezentes Grün hielt Klaus für unauffällig.

Klar war der Schlauch zu lang, aber er würde ihn gegebenenfalls auf die passende Länge kürzen.

Seit Tagen fuhr er seinen Einkauf jetzt im Kofferraum seines Autos spazieren. Er wartete auf die günstige Gelegenheit, um Petra mit der vollendeten Tatsache eines angeschlossenen Wasserschlauchs zu überraschen. Am kommenden Mittwoch, an seinem freien Nachmittag, plante er die Schlauchmontage, denn Petra war zu einem Shopping-Ausflug mit ihrer besten Freundin verabredet.

Klaus machte es sich auf der Terrasse gemütlich. Ein kühles Bier, das Paket mit dem Gartenschlauch vor seinen Füßen. Er entfernte die Verpackung. Die Enden des Schlauches waren schnell gefunden, aber sie passten beide nicht auf den Anschluss des Wasserkrans an der Außenwand. Klaus fluchte und schimpfte und regte sich darüber auf, dass alles in Deutschland genormt sei, nur das Gewinde seines Schlauches nicht. Einzige Möglichkeit, ein Adapter. Aber einen Versuch war es wert, den alten Metallring am Wandanschluss zu entfernen. Aber ohne den Einsatz einer Zange bewegte sich der Ring nicht. Er begab sich auf die Suche nach einer Wasserpumpenzange. Aber sicher war er sich nicht, dass er in ihrem gemeinsamen Hausstand ein solches Werkzeug finden würde. Petra war für die handwerklichen Belange in ihrem Leben zuständig und was sie in den Körben und Kisten im Keller alles verbarg, wusste er nicht genau.

Mürrisch kam er in die Wohnung zurück und versuchte mit einer kleinen Zange, die er in der Werkzeugkiste gefunden hatte, den Außenring des Krans zu entfernen, in der Hoffnung, dass dann der Anschluss passte.

Er rutschte mehrfach mit der Zange ab und verletzte sich beim letzten Versuch an der Hand. In der Küche hielt er die schmerzende Stelle unter den Wasserstrahl an der Küchenspüle, um die Wunde zu kühlen. Eine Idee blitzte auf. Ich schließe den Gartenschlauch hier an. Die Zange kam wieder zum Einsatz und das Endstück des Krans, der Perlator, der aus sprudelndem Wasser einen weichen, nicht spritzenden Strahl formte, lies sich problemlos entfernen. Klaus holte den Schlauch von der Terrasse und Euphorie setzte ein. Das Gewinde ließ sich bequem am Küchenkran anschrauben. Er zog noch einmal mit der Zange nach, um seitliches Spritzen zu vermeiden, und rollte den Schlauch aus. Dieser schlängelte sich am Küchenschrank herunter, über den Küchenfußboden, schmiegte sich an den hellen Berber in der Diele, überquerte den super gepflegten Riemchen-Parkett-Boden im Wohnzimmer, suchte sich einen Weg zwischen Sessel und Sofa und gab farblich einen guten Kontrast zum edlen Perserteppich. Er passierte die gebürsteten Teppichfransen und erreichte durch die offene Balkontür seinen Einsatzort, die Terrasse. Nur ausprobieren konnte Klaus das neue Gießerlebnis nicht. Er musste auf Petra warten. Schließlich konnte er den Wasserhahn nicht einfach aufdrehen und das lose Schlauchende sich selbst überlassen.

Ungeduldig wartete er auf Petras Rückkehr. Bereits an der Wohnungstür nahm er sie in Empfang, bat sie, die Augen zu schließen, da er eine Überraschung vorbereitet habe. Vorsichtig führte er sie an der Hand auf die Terrasse. Klaus drückte ihr das Schlauchende in die Hand und positionierte sie so, dass der Wasserstrahl in den großen breiten Pflanzbottich mit ihrem Oleander treffen würde.

»Einen kleinen Moment noch, ich rufe dich, wenn du die Augen öffnen darfst, mein Schatz!«, flüsterte er ihr ins Ohr. Klaus spurtete in die Küche, drehte den Wasserhahn auf. Er rief: »Überraschung! Augen auf! Wasser Marsch!«

Petra hatte natürlich sofort ertastet, was sie da in der Hand hielt, blinzelte aber nur ganz leicht, freute sich, aus der Gartenschlauchdiskussion als Siegerin hervorgegangen zu sein. Das Wasser sprudelte aus dem Schlauch und sie begann erfreut mit der Bewässerung. Sie schmunzelte und registrierte ein leises Plöpp, das sich nach dem Öffnen einer Sektflasche anhörte. Gleich würde Klaus draußen erscheinen und seine Neuanschaffung gebührend mit ihr feiern.

Als sie verzweifelte Hilferufe aus der Wohnung vernahm, ließ sie den Schlauch auf den Boden gleiten und wollte ihrem Liebsten beistehen. Sie verharrte an der Terrassentür und starrte in die Wohnung hinein. Von der anderen Seite betrachtete Klaus mit zwei Sektgläsern in der Hand das bizarre Schauspiel. Der mittlere Teil des Gartenschlauches war ein poröser Sprinklerschlauch, geeignet zum Berieseln von Beeten, Gemüsefeldern und Gewächshäusern. Ein feiner Sprühregen ging auf die Wohnzimmereinrichtung, den Fernseher und die HiFi-Anlage nieder. Das Bücherregal, die Schallplatten und CDs wurden besprüht. Der Perserteppich sog sich voll Wasser. Die feinen Wassertröpfchen benetzten in Massen den Parkettboden und liefen an den Wänden herunter. Klaus war unfähig sich zu bewegen. »Dreh doch endlich den Kran zu!«, rief Petra. Doch Klaus verharrte wie in Schockstarre. Petra streifte ihre Schuhe von den Füßen, setzte sich dem Sprühregen aus, und lief durch das Wohnzimmer in die Küche. Sie beendete die Wasserzufuhr.

Sie saßen beide auf der Terrasse, listeten das Ausmaß des Schadens auf. Einigkeit darüber, ob sie die Peinlichkeit wagen sollten, die Versicherung zu informieren, erzielten sie nicht. Klaus krönte die Situation mit der Überlegung, ob er den Schlauch wohl würde umtauschen können.

Mäusefreundschaft

»Los, mach Männchen, lass deine kleinen Knopfaugen strahlen, zeig was du draufhast. Vielleicht hat du Glück und gehörst heute zu den Auserwählten! Es wird langsam Zeit, dass du dich abnabelst und in die große weite Welt hinaus gehst!«

Die Stimme des Vaters war aufmunternd und energisch zugleich.

»Du siehst verdammt gut aus, bist in einer Top-Form dank deines unermüdlichen Trainings im Laufrad. Keiner von uns hat eine so intensive Braunfärbung seines Fells. Und erst der Glanz. Es müsste doch mit dem Teufel zugehen, wenn die Wahl heute nicht auf dich fallen wird.«

Der junge Mäuserich tat, wie ihm der Vater geraten hatte, und eine kleine Mädchenhand zeigte mit ausgestrecktem Zeigefinger direkt auf ihn. »Den will ich haben, den da, der gerade Männchen macht. Der sieht so süß aus.«

»Jetzt lauf bitte nicht weg, lass dich in die Hand nehmen und dein Abenteuer wird beginnen«, rief der Mäusevater. Eine große Männerhand ergriff die winzige braune Farbmaus und hob sie aus ihrer vertrauten Umgebung hinaus. Ihr wurde leicht schwindlig, aber nur ein kleines bisschen. Bequem war es nicht in der groben Hand. Vor allem ihren langen dünnen Schwanz konnte sie nicht entspannt ausstrecken. Erste nach ein paar ruckartigen Bewegungen quetschte sie ihren Schwanz durch den Spalt hindurch, den Ringfinger und Mittelfinger bildeten, und ließ ihn baumeln. Daumen und Zeigefinger boten ein Loch, durch das die Farbmaus ihr zuckersüßes Schnäuzchen streckte und ihre neue Besitzerin betrachtete.

»Das ist Snoopy«, sagte eine freundliche Mädchenstimme und strich der Maus mit dem Finger, der gerade Schicksal gespielt hatte, über ihr samtweiches Köpfchen.

Plötzlich war alles schwarz. Nur wenige Lichtstrahlen stachen wie Nadeln durch die Dunkelheit. Wo bin ich? In was für eine Welt hat man mich gesteckt, überlegte Snoopy. Sein kleines Herzchen pochte heftig. Er erschrak vor den eigenen Geräuschen, die seine Krallen auf dem glatten Untergrund verursachten.

Das ist bestimmt eine Transportschleuse in mein neues Leben, beruhigte sich Snoopy. Den Namen, den das kleine Mädchen ihm gegeben hatte, fand er blöd.

Snoopy ist ein berühmter Hundename, das hatte er bei den Burschen aus der Welpenkiste aufgefangen. Aber lieber der Namensträger eines großen bekannten Tieres sein, als Hansi oder Peterle genannt zu werden, wie das unattraktive Federvieh aus dem Nachbarkäfig, ging es ihm durch den Kopf.

Snoopy putzte sich zuerst einmal ausgiebig. Säuberte sein Fell, schüttelte sich das restlich Hanfstreu ab, während seine Schleuse ständig hin und her schwankte und er mit der Balance kämpfte.

Er war froh, dass er nur wenig zum Frühstück gegessen hatte. Wenn das nervige Gewackel nicht aufhört, dreht sich mir gleich der Magen um.

Eine Komfortschleuse ist das auf jeden Fall nicht, weder Marschverpflegung noch Klo, begutachtete Snoopy seinen zweihundert Quadratzentimeter großen Aufenthaltsort und entleerte seinen Darm, weil er anders seine Aufregung nicht in den Griff bekam.

Und dann war es endlich so weit. Das Tor der Schleusenkammer öffnete sich und in extremer Schräglage rutschte Snoopy mit dem Hinterteil zuerst in sein neues Leben. Ein bisschen benommen nahm er mit einem schnellen Rundumblick seine zukünftige Behausung wahr.

»Nein, das gibt's doch gar nicht«, rief er, »welch ein Komfort, welch ein Luxus! Ein eigenes Laufrad, eine kleine Holzvilla, ein Klettergarten und die Küche erst, Hanfstreu in Hülle und Fülle.«

Er flitzte kurz durch das riesige Areal, wühlte einen Gang quer durch sein Heim, lief ein paar Runden im Laufrad, nahm ein Hirsekörnchen zu sich, ein Tröpfchen Wasser und dann gönnte er sich erst einmal ein ausgedehntes Schläfchen. Er gähnte und legte sich lang ausgestreckt mitten in den Käfig.

Es wurde Nacht und Snoopy begann, seine Nächte zu strukturieren: Einhundert Runden im Laufrad, eine Viertelstunde im Klettergarten, einen Gang graben von links nach rechts und aus der Ebene konstruierte er eine Dünenlandschaft, die eine extreme Anhäufung des Hanfstreus rechtsseitig zur Folge hatte. In der nächsten Nacht vertrieb er sich die Zeit erst im Klettergarten, dann absolvierte er einhundert Runden im Laufrad, grub den Gang von rechts nach links und bastelte sich eine neue Landschaft. Tagsüber putzte er sich und ließ sich dabei von dem kleinen Mädchen und ihrem Bruder beobachten. Wenn er auch die Tätigkeitsbereiche variierte, wurde ihm sein Leben auf Dauer langweilig. Es stellte sich das Gefühl von Eingesperrt sein ein, eingesperrt in einem Paradies. Die Menschen trugen durch ihre Streicheleinheiten nicht wesentlich dazu bei, dass er glücklicher wurde. Es fehlte ihm die Ansprache unter Gleichgesinnten. Er hätte so gerne einmal mit einer anderen

Maus geplauscht. Da er seine Körner mit niemandem zu teilen pflegte, futterte er oftmals, bis er glaubte, zu platzen. Er erhöhte die Trainingseinheiten. Sonst setzte er schnell ein Bäuchlein an.

Am nächsten Tag glaubte er seinen Augen nicht zu trauen. Durch die milchigen Scheiben seines Plexiglasgehäuses sah er einen Artgenossen. Sofort richtete er seinen trainierten Körper auf, spitzte die Ohren und malträtierte die Plastikwand mit seinen Krallen, bis sie blind war. Er fing an zu piepsen und gebärdete sich wie wild. Jetzt hatte sein Gegenüber Notiz von ihm genommen.

»Oh, man«, rief Snoopy, »das ist ja wie bei den zwei Königskindern. Nur, dass hier das Wasser nicht zu tief ist, sondern die Scheiben sind undurchdringlich.«

Dann hörte Snoopy die Stimme eines Jungen: »Ich glaube, die wollen spielen.«

Es dauerte nur einen Moment und die Schranken, die die beiden Artgenossen voneinander trennten, waren verschwunden. Eine hellbraune samtweiche Maus saß mitten in Snoopys Wohnung. Was war das eine Freude. Nach Tagen der Enthaltsamkeit und des Eremitendaseins endlich wieder mit einem Gleichgesinnten kommunizieren zu dürfen, war so unbeschreiblich, so, als wäre Weihnachten und Ostern auf einen Tag gefallen. Die beiden Farbmäuse flitzten durch den Käfig, wirbelten das Hanfstreu auf, machten Luftsprünge und demonstrierten ihre gute Laune. Sie probierten das Laufrad gemeinsam aus und erhöhten die Umlaufgeschwindigkeit. Außer Atem genehmigten sie sich etwas Wasser und ein paar Körner.

»Wie heißt du,« fragte Snoopy.

»Alfred«

„Komischer Name, den habe ich noch nie gehört.“

»Mich nennt man Snoopy«.

»Der Name klingt aber etwas seltsam für eine Maus. Snoopy heißt der große dreifarbige Stoffhund meines Besitzers«, erwiderte Alfred.

»Ja, klar, Snoopy ist ein Hundename, aber was ist schon perfekt in dieser Welt«, sinnierte Snoopy.

Die Freude, das Juchen und Gegröle der Kinder, war den beiden Mäusen nicht verborgen geblieben. Sie hegten somit die berechtigte Vorfreude, sich ab jetzt öfter einmal besuchen zu dürfen.

Beim nächsten Zusammentreffen war Snoopy bei Alfred zu Gast. Die Artgenossen stellten fest, dass ihre Wohnungen baugleich waren.

»Wenn unsere Käfige so nebeneinanderstehen«, sagte Alfred, »könnte man meinen, es sind Doppelhaushälften. «

Im Interesse der Kinder, sie wollten ihnen etwas bieten, und zum Ausdruck ihrer eigenen Freude, beendeten sie ihre Gespräche und frönten erst einmal einem ausgelassenen Treiben und kehrten das Unterste zuoberst.

Beim dritten Mal trafen sie sich wieder bei Snoopy, der Alfred überschwänglich und herzlich willkommen hieß. Doch die Energie, die von ihm ausging, wurde von Alfred nicht aufgenommen und schon gar nicht potenziert. Er schien nicht in Form zu sein und hatte keine Lust, sich auf Snoopys Spielchen einzulassen. Gelangweilt sprang Alfred zu Snoopy in das Laufrad, konnte aber nicht mithalten und flog bei nur mäßiger Geschwindigkeit aus dem Rad heraus.

»Was ist los, bist du krank?«, fragte Snoopy besorgt.

»Kann schon sein«, antwortete Alfred. »Mein Besitzer war mit mir beim Tierarzt und seit dem Tag flößen sie mir so ekelige Tropfen ein. Mir ist die ganze Nacht davon total übel gewesen. Bekommst du auch solche Vitamine? So heißt das Zeug, glaube ich«, fragte Alfred.

Snoopy bekam keine Vitamine. Er fühlte sich gesund und munter und strotzte nur so vor Tatendrang. Einen kleinen Moment grübelte er darüber nach, ob Alfred ihn mit seiner Krankheit anstecken würde.

Am nächsten Tag umschloss Snoopy die duftende Hand eines Mädchens, die sich in den Käfig neigte. Er bereitete sich auf ein neues, wildes Abenteuer mit seinem Spielkumpanen vor.

Alfred saß oben auf seiner Holzhütte und sah erhaben auf Snoopy herab. Snoopy nahm die Überheblichkeit, die er in Alfreds Augen las, wahr und sie irritierte ihn. Was hatte das zu bedeuten? Er grübelte darüber nach, wie er dieser neuen Masche würde entgegenwirken können. So ließ er sich nicht von seinem Freund behandeln. Er setzte zum Sprung an. Alfred gebot Snoopy Einhalt.

»Ich muss dir was erzählen«, rief Alfred. »Bitte bleib unten sitzen.« Jetzt sah Snoopy, dass Alfreds Augen glänzten. Sein Fell was stumpf und seine sportliche Figur hatte er verloren. Er muss ernsthaft erkrankt sein, überlegte Snoopy und eine Welle von Mitleid überflutete ihn.

Alfred richtete sich auf und streckte sein Bäuchlein vor.

»Lieber Snoopy, nenn mich bitte nicht mehr Alfred.« Sein überheblicher Blick traf Snoopy erneut. »Ich heiße ab heute Gaby! Und außerdem wirst du Vater!«

(Erstveröffentlichung in der Anthologie: Sprechende Tierwelt, 2011)

Gelbe Herzen

Schon stand er wieder vor der Haustür, mit hochrotem Kopf und außer Atem. Er hatte sich beeilt, weil er mit seinen zwölf Jahren in dem Alter war, in dem er das Zuspätkommen zum Schulunterricht unbedingt vermeiden wollte. Sein Fahrrad hatte er in den Hausflur geschoben und war in Windeseile die Treppen bis in die dritte Etage hochgespurtet. Er hatte seine Religionsmappe vergessen und ohne Hausaufgaben dazustehen, gefiel ihm noch weniger als Unpünktlichkeit. Die Mappe in die Schultasche gesteckt, stürzte er die Treppenstufen wieder hinunter. Ich rief ihm hinterher, er solle langsam fahren und vor allem vorsichtig. Er musste ein kurzes Stück durch die Fußgängerzone radeln, was Schülern bis neun Uhr vormittags erlaubt war, bevor er durch die Lambertistraße, die durch parkende Fahrzeuge nur einspurig zu nutzen war, befuhr. Viele Kinder aus der Innenstadt kamen hier zusammen und setzten von der nächsten Ecke den Weg gemeinsam bis zum städtischen Gymnasium fort. Vom Sehen kannten sie sich alle, einige gingen sogar in dieselbe Klasse. Doch heute war mein Sohn durch seine Vergesslichkeit alleine unterwegs.

Ich hantierte in der Küche und räumte den Frühstückstisch ab, als ich das Martinshorn und den Krankenwagen hörte. Die Gedanken, die mir durch den Kopf gingen, lähmten mich. Ich stand am Küchenfenster und starrte gefangen in einem Anflug von Angst starr in den Himmel. Die Sonne erstrahlte die Dächer der gegenüberliegenden Häuser und ich hoffte, dass mein Sohn bereits im Fahrradkeller der Schule sei und der Rettungseinsatz nicht ihm galt.

»Bitte, lass es nicht mein Kind sein«, sagte ich leise. Der Vormittag verflüchtigte sich in Routine und erst als es pünktlich nach Schulschluss plus zehn Minuten Fahrzeit an der Eingangstür schellte, atmete ich auf. Leise hörte ich die Stimme meines Sohnes: »Mama, ich bin es.« Langsam quälte er sich die Treppen hoch. Ich stand an der Etagentür, ihn in Empfang zu nehmen. Er sah schrecklich aus. Seine Augen waren verheult.

Der Schulunterricht war an diesem Morgen ausgefallen. Die Lehrer hatten in der Unterrichtszeit versucht, die Kinder zu beruhigen und zu trösten, denn der Rettungseinsatz vor Schulbeginn hatte Marion gegolten, einem Mädchen eine Klasse unter meinem Sohn.

»Ich hab sie heute Morgen noch getroffen. Wir sind sooft hintereinander hergefahren. Auch heute. Aber am Brunnen hab ich umgedreht, weil mir einfiel, dass ich meine Relimappe auf dem Schreibtisch vergessen hatte.«

Er sackte in sich zusammen. »Mama, mich hätte der Laster auch erwischen können, mich auch. Und jetzt ist Marion tot.«

Die Schüler trauerten und die Lehrer trauerten. Es gab lange keine Normalität an dieser Schule.

Auf dem kurzen Stück Straße gibt es zwei Hofausfahrten. Aus der hinteren war ein Lastwagen mit einem Container beladen rückwärts herausgefahren. Weil es dämmerig war zwischen den Häuserzeilen, hatte er die Kinder auf ihren Fahrrädern nicht gesehen.

Die Kopfverletzungen waren so stark, dass das elfjährige Schulkind noch am Unfallort verstarb, las ich später in der Tageszeitung.

Mein Sohn wollte unbedingt mit mir zur Unfallstelle. Er wollte mir zeigen, wo Marion gelegen hatte, denn er hatte sie dort liegen sehen, verrenkt und blutig. »Trotz Fahrradhelm«, sagte er.

Er hatte die Bilder des Unfalls in sich aufgenommen und unsere Aufgabe war es jetzt, ihm zu helfen, das Schreckliche zu verarbeiten. Er würde noch einige Jahre diese Stelle passieren, es war sein Schulweg.

Und dann sahen wir die Spuren des Unfalls. Gelbe Kreidestriche, gelbe Zahlen und Zeichen und so viel Blut. Wir starrten auf das Unfassbare. Rund um uns war alles normal, so normal, wie es an einem Nachmittag im beginnenden Frühling nur sein konnte. Die Leute gingen an der Stelle vorbei, ohne darauf zu achten. Niemand schien zu wissen, was dort passiert war.

Am nächsten Tag nahm ich einen anderen Weg zur Sparkasse, doch auf dem Rückweg stellte ich mich wieder der Unfallstelle. Die Straßenreinigung war da gewesen. Die gelben Markierungen waren blasser und das Blut war keine Pfütze mehr. Die rotierenden Besen der Kehrmaschine hatten aus Marions Blut ein großes rotbraunes mohnblumenähnliches Gebilde gestaltet. Den städtischen Bediensteten war sicher nicht bewusst, welche Stelle sie routinemäßig gesäubert hatten.

Am nächsten Tag führte mein Weg mich wieder dort vorbei. Ich verharrte einen Augenblick und erinnerte mich an Marion. Nach einer Woche regnete es und die Blume verwischte. Nachdem die Straßenreinigung mehrmals ihren Dienst versehen hatte, war nur noch grauer Asphalt zu sehen. Nichts wies mehr darauf hin, dass hier ein Mensch gestorben war, ein elfjähriges Mädchen.

Jahre später traf ich Katharina, eine beste Freundin aus den Grundschultagen meines Sohnes. Zufällig standen wir genau an der Stelle auf dem Gehweg, an der Marion einst zu Tode gekommen war.

Katharina hatte gerade einen Auslandaufenthalt in Südamerika hinter sich und sprudelte über vor Begeisterung. Sie erzählte von Ecuador und von den Galapagos-Inseln. Wir verabredeten uns, um in gemütlicher Runde ihren Geschichten und Erlebnissen zu lauschen.

»Und dann«, sagte sie und sprach langsam und mit Bedacht weiter, »habe ich etwas gesehen, das mich beeindruckt und gleichzeitig erschreckt hat« und sie zeigte auf die Unfallstelle. »In einer südamerikanischen Großstadt, wo viele Todesopfer im Straßenverkehr zu beklagen sind, hat die Stadtverwaltung ein Projekt gestartet, das den Bewohnern bewusst machen soll, welchen Gefahren sie sich täglich aussetzen. Überall da, wo ein Mensch gestorben ist, bleibt eine optische Spur zurück. Es wird ein gelbes Herz auf die Straße gemalt, wetterfest und gut sichtbar. Es sind die letzten Spuren der Menschen, die plötzlich mitten unter uns aus dem Leben gerissen werden. Die Stellen bleiben aus Respekt vor den Verstorbenen für alle präsent, damit die Toten nicht in der Statistik eines Unfallberichtes verschwinden. Sie sind ein warnendes Merkmal.«

(Erstveröffentlichung in der Anthologie: Spuren, 2010, prämierter Text aus dem 5. ALFA Multi-Media-Wettbewerb)

Naturgeküsst

Deutsch war unsere Muttersprache. Wir wuchsen beide im nördlichen Ruhrgebiet auf und unterhielten uns im selben Dialekt, wenn man das Ruhrgebietsdeutsch als Dialekt bezeichnen kann. Wir verfügten über ordentliche Englischkenntnisse und hatten vom Französischen eine Ahnung. Unsere Augen beherrschten die Sprache der Liebe und unsere Gestik drückte Vertrautheit und Selbstverständnis aus. Wir kommunizierten oft ohne Worte und manchmal verstanden wir uns blind. Dennoch hatte ich das Gefühl, eine weitere Sprache zu beherrschen, die mein Mann nicht kannte. Ich glaubte, zeitweise sprach ich Spanisch.

Peter war begeisterter Rennradfahrer, sportlich, trainiert und wetterfest. In den letzten Jahren brachte er es auf mehr als siebentausend Trainingskilometer Jahresleistung und das als Hobbyfahrer ohne Anschluss an einen Radsportverein.

Ich spielte Golf, einen ebenso zeitaufwendigen Sport wie das Rennradfahren. Wir schafften es immer, unsere sportlichen Einheiten aufeinander abzustimmen, damit genügend Zeit für gemeinsame Aktivitäten blieb.

Ich versuchte, Peter in den letzten Jahren für meine Sportart zu begeistern. Er machte immer wieder Versuche, mich dem Radsport näherzubringen. Während ich mich mit ihm als Golfanfänger ohne Platzerlaubnis arrangierte, motivierte er mich, ab und zu eine kleine Radtour mit ihm zu machen. Nach fast vierzig Kilometern entwickelten meine Oberschenkel ein Eigenleben. Ich spürte sie kaum noch. Vor Wadenkrämpfen geschüttelt, den Tränen nahe, stieg ich vom Rad. Ich ging zu Fuß weiter, geradeaus, einfach nur die Straße entlang. Ich hatte keine Ahnung, wo unser

Auto geparkt war. Dieses musste ich unbedingt erreichen, ob auf Schusters Rappen oder im Sattel, das war mir völlig egal. Peter fuhr sportlich vor mir her und verschwand in der Ferne. Plötzlich kam er mir entgegen. Er wollte nur nachschauen, warum ich so weit zurückblieb. Ich bewunderte seine Fitness. Zu Beginn dieser Tour hatte ich ihm genau mitgeteilt, zu welchen sportlichen Leistungen ich in der Lage sei, wie viele Höhenmeter ich glaubte leisten zu können. Ich kannte meine Grenzen und sagte ihm, was eindeutig zu viel für mich sein würde. Aber wie es schien, hatte ich wieder mal Spanisch mit ihm gesprochen. Unter diesem sprachlichen Missverständnis hatte ich jetzt zu leiden.

Im nächsten Frühjahr ließ ich mich auf einen Radsporturlaub auf Mallorca ein. Und oh Wunder, mein Ehrgeiz war geweckt. Ich fuhr mit den anderen Radsportfrauen, die das gleiche Schicksal eines niedrigen Leistungsniveaus mit mir teilten, in einer Plauschgruppe. Die Bezeichnung gefiel mir gar nicht, dennoch trug ich mich für diese Leistungseinheit ein. Und es war gut, dass ich so entschieden hatte. Am letzten Tag des Urlaubs schaffte ich achtzig Tageskilometer. Nach diesem Radtraining fuhr ich auch zuhause Rad und trainierte alleine. Die allgemeine Fitness durch das Radfahren erhöhte auch meine Kondition beim Golf.

Wir wagten mal wieder eine gemeinsame Radtour, eine kleine Runde von fünfundvierzig bis fünfzig Kilometern, nach Feierabend. Ich bereitete mich mental den ganzen Tag auf diese Tour vor. Diesmal hoffte ich, mitzuhalten. Ich war mittlerweile stolze Besitzerin einer gepolsterten Radsporthose und ansonsten missbrauchte ich meine Golfbekleidung zum Radfahren. Eine weitere wichtige Investition war ein sicherer Helm. Mein Mann hatte an seinem Fahrrad herumgebastelt, ein anderes Kettenblatt montiert, die Ritzel geändert, was immer das heißen mochte und alles nur, damit er nicht so schnell sein würde, um mir die Illusion des Mithaltenkönnens zu geben. Ich schaffte es, was mich aber einen entspannten Abend kostete, weil ich an meine Grenzen kam. Ich trainierte weiter, heimlich auf der Fahrradrolle im Keller. Als mein Mann glaubte, dass der Radvirus mich erwischt hatte, spendierte er mir ein neues Fahrrad, ein Leichtlaufrad mit vielen Gängen und mehr Komfort. Ich hatte zwar auf einen neuen Satz Golfschläger spekuliert, aber die mussten angesichts dieser teuren Investition zurückbleiben. Seinen Leistungsstand würde ich nie erreichen, aber den strebte ich auch nicht an.

Wir fuhren ab und zu zusammen passable Strecken. Nachdem ich mich beim Radfahren nicht mehr nur mit mir selbst beschäftigte, nahm ich auch die Schönheit der Radstrecken wahr. Nie fuhren wir drauflos. Peter hatte vorher die Radtouren genau geplant. Immer wusste er, was vor uns lag. Er zeigte mir Ecken und Wege des Ruhrgebiets, die ich nicht kannte und die ich ohne ihn niemals kennen gelernt hätte, wenn ich nicht immer tapfer hinter ihm her geradelt wäre. Eine seiner Lieblingsstrecken war die Rotbachtalrunde. Wir umrundeten den Baldeneysee, fuhren die Ruhr flussaufwärts und flussabwärts, nahmen uns die Kanalradwege vor und eroberten traumhafte Strecken im Münsterland. Meistens hatte er meine Vorgaben an die Tour berücksichtigt, so wenige Höhenmeter wie möglich und keine Schotterstrecken. Geröllartige Wegstrecken mit Schlaglöchern taten meinen Handgelenken nicht gut und ich wollte auf keinen Fall meine Hände verletzen und mich vom Golfsport verabschieden. Zu erwähnen sei, dass mein Mann nie auf einem Rennrad mit mir auf Tour ging. Er holte immer das normale Tourenrad aus dem Keller. So ersparte er sich den Frust, von bunt gekleideten Wackelärschen überholt zu werden und den Eindruck zu hinterlassen, zwar optisch alle Kriterien eines Radsportlers zu erfüllen, aber dennoch nur eine armselige langsame Graupe zu sein. Es stand ihm ja nicht auf dem Rücken geschrieben:»Ich fahre nur so langsam, weil meine Frau nicht schneller kann.«

Jetzt, da ich sportlicher unterwegs war, wechselte er auf sein Mountainbike. Es kam der Tag, an dem wir am späten Nachmittag gemeinsam dem Büroschluss entgegenfieberten, um uns auf die Räder zu schwingen. Er bereitete sein Mountainbike vor.

»Du weißt ja, nur asphaltierte Radwege und möglichst keine Halden«, sagte ich. Das Mountainbike rief bei mir gleich eine Assoziation zu den begrünten Ruhrgebietshalden hervor, die ich nur erwandern, nicht aber mit dem Rad befahren konnte. Diesmal wich mein Mann nach halber Strecke von seiner im Voraus geplanten Route ab. Wir fuhren zur Boye. Dieses naturnahe Fließgewässer, das auf Gladbecker und Bottroper Stadtgebiet heimisch ist, hatte man teilweise begradigt und verlief ein Stück entlang der Autobahn 31. Ich bemerkte nicht, dass wir an diesem kleinen Rinnsal entlangfuhren. Ich hörte nur das Rauschen der Autos.

Es gab keinen Anlass zu meckern, nachdem wir abgebogen waren. Das Pättchen war zwar schmal, aber perfekt befahrbar. Peter preschte mal wieder vor und war kurze Zeit später hinter der nächsten Wegbiegung verschwunden. Der

Weg, den wir entlangfuhren, war nicht so kerzengerade wie das Rinnsal selbst. Plötzlich hörte der leicht zu befahrende Weg auf. Zwei enge Treckerspuren, eingebettet in saftiges Gras, führten weiter geradeaus. Es blieben mir Sekunden für eine Entscheidung. Ich wechselte in die rechte Spur. Jetzt musste ich wieder verdammt aufpassen, dass ich mit meinem Rad nicht aus der tiefen Rille sprang, denn das hätte durchaus zu einem unliebsamen Sturz geführt. Von der Natur sah ich nichts mehr, denn meine ganze Aufmerksamkeit war auf diese braune Sandspur gerichtet. Dann hörte die rechte Treckerspur abrupt auf. Ich schaffte es, rechtzeitig meine Hände zu entlasten, damit der Stoß nicht so heftig in die Handgelenke fuhr und wechselte über die feste Grasnarbe in die linke Treckerspur. Ein weiteres Problem tauchte auf. Der Weg wurde immer enger und enger, die Brennnesselen am Wegrand kamen stetig näher. Da ich kurze Golfshorts trug und winzige Sneaker-Socken, war von meinen Beinen viel Fläche nackt. Die Brennnesseln streckten ihre Fühler nach mir aus. Ich hob immer wieder die Füße von den Radpedalen ab, winkelte meine Beine an, um der Berührung dieser Nesselpflanzen zu entgehen. Aber dann trat ich wieder die Pedalen, um neue Geschwindigkeit aufzunehmen.

Den dicken Stein, der genau in meiner Spur lag, sah ich zu spät. Ich verfiel in ein altes Verhaltensmuster zurück und betätigte kräftig den Rücktritt, über den mein Fahrrad aber gar nicht verfügte. So ging mein Tritt mit Wucht ins Leere. Ich touchierte den Stein und hob ab, beschrieb eine Flugstrecke, die ich selber gerne als Beobachter von außen wahrgenommen hätte. Auf jeden Fall ließ ich den Lenker nicht los, den hatte ich noch fest umschlossen, als ich auf der

Uferbefestigung der Boye landete. Dieses überwucherte Stück Uferböschung, das ich erst im Landemoment als solches erkannte, bestand aus schwarzem festem Boden, auf den ich mit meinem Helm aufschlug. Das hier vorherrschende saftige Grün war die Brennnessel, jene krautartige Pflanze, die nahezu überall wuchert und mit Brenn- und Borstenhaaren besetzt ist und keine Gnade kennt, wenn man mit ihr in Berührung kommt. Ich rutschte ein Stück weiter die Uferbefestigung hinunter, bis ich das plätschernde kühle Nass der Boye erreichte und mir das Wasser in meine Turnschuhe lief. Über mir schlug das dichte Blattwerk der Weiden zusammen und ich traute mich nicht, mich zu bewegen. Die einzigen Muskeln, die ihre Tätigkeit aufnahmen, waren meine Gesichtsmuskeln, denn ich schrie nach meinem Radpartner und hoffte, er möge sich nicht allzu weit von mir entfernt haben. Mit geschlossenen Augen blieb ich liegen, prüfte meine Empfindungen. Verletzt schien ich mich nicht zu haben. Oder hatte ich den fehlenden Schmerz einem Schock zu verdanken?

Peter hatte mich vermisst. Er kam zurück. Dann stand da mein Radsportpartner, mein Ehemann, die Liebe meines Lebens, derjenige, den ich für dieses Malheur hier spontan verantwortlich machte, oberhalb der Uferbefestigung und starrte auf mich herab. Mein Blick fiel auf seine glatt rasierten Radsportbeine und insgeheim freute ich mich, dass die Uferbefestigung hier recht tief hinab führte. Er konnte mir vom Weg aus die Hand nicht reichen. Außerdem hielt ich immer noch das Lenkrad fest. So trat er zwangsläufig mit seinen nackten Beinen in die wild wuchernde Brennnessel, die so hoch wucherte, dass er vom Knöchel bis zu den Knien darin verschwand. So sollte ich diesen Schmerz wenigstens nicht alleine ertragen. Die einzigen Worte, die ich ihm wütend entgegenschleuderte, waren:»Spreche ich eigentlich Spanisch? Hast du mich mal wieder nicht verstanden, als ich dir erklärt habe, welche Strecken ich auf gar keinen Fall befahren möchte?« Er zog mich die Uferbefestigung hinauf und ich stand wieder auf dem Pättchen. Er trat erneut in die wogenden Brennnesseln und übernahm die Bergung meines Fahrrads. Erleichtert, dass nichts Gravierendes passiert war, standen wir engumschlungen auf dem Weg. Dann setzten wir, lädiert und ich vor allem von oben bis unten naturgeküsst, unsere Tour fort. Ich vertraute ihm, dass die Strecke, die vor uns lag, kürzer sei als der Weg zurück nach Hause. Wenige Meter weiter musste ich mein Rad schultern und mit meinem Sportgerät eine Böschung heraufklettern. Mit unschuldiger Miene erklärte mir mein Mann, dass beim letzten Mal die Gegend hier völlig anders ausgesehen habe. Im Rahmen der Begradigung der Fließgewässer und der Uferbefestigung habe man doch so einiges verändert. Oben angekommen stieg ich wieder auf mein Rad. Der Fahrwind kühlte die Schwellungen und Quaddeln auf der Haut. Ich musste feststellen, dass so ein Windbreaker beim Golfspielen hervorragende Dienste tut, aber er ist absolut nicht brennnesseldicht. Es gab kaum Körperstellen, die nicht juckten. Nur mein Gesicht blieb verschont. Dafür ragten aus den Windschlitzen meines Helms Brennnessel und andere Pflanzen der Uferbefestigung heraus. Ich hatte Ähnlichkeit mit einem getarnten Bundeswehrsoldaten. Später nach mehrfachen kühlenden Duschvorgängen saßen wir auf dem Sofa und bearbeiteten unsere fürchterlichen Hautreaktionen. Die Cremes linderten den Schmerz und den Juckreiz. Im

Nachhinein war ich froh, dass die Uferböschung an dieser Stelle naturbelassen war, und nur aus Sand, Reisig, Bachkräutern und den verfluchten Brennnesseln bestand, und die Boye nur an Teilstücken in einer Betonrinne verlief.

(Erstveröffentlichung in der Anthologie: Erzählungen und Gedichte der LIGG, 2012)

Im Zugabteil gefangen

Wenn mir im letzten Jahr jemand gesagt hätte, dass ich demnächst so häufig Berlin einen Besuch abstatten würde, ich hätte es nicht geglaubt. Ich freute mich, wieder im Zug zu sitzen. Es war schon komisch, dass mir Dinge Spaß machten, die ich vormals schrecklich fand. Ich fuhr immer viel lieber mit dem Auto. Ich war der klassische Autofahrer. Jetzt genoss ich es, mit der Bahn zu fahren und die Zeit zu nutzen, um wieder eine Kurzgeschichte zu schreiben. Natürlich nur, wenn sich mir ein Thema aufdrängte. Und, dass dieses passieren würde, da war ich mir sicher.

Es war 7:47 Uhr, der Zug lief auf Gleis sechs ein. Um 12:06 Uhr würde ich in Berlin den Zug wieder verlassen. Das Wetter war fantastisch. Reisewetter wie aus dem Bilderbuch. Blauer Himmel, strahlend warme Frühlingssonne. Milde Temperaturen. Bremsen quietschten. Der rote Zug rollte langsam an mir vorbei. Er hielt. Der IC 2222 nach Berlin Ostbahnhof war ein älteres Modell, kaum mit einem ICE zu vergleichen. Aber was soll`s. Ich stand an der richtigen Stelle des Bahnsteigs und bestieg wenig später den Waggon, in dem ich eine Platzreservierung gebucht hatte. Ich brauchte nicht lange mit dem Koffer durch die Gänge zu streifen. Es war das erste Mal, dass ich in einem Zugabteil einen Platz reserviert hatte. Fünf Sitzplätze in einem Glas-Kabäuschen vom Gang abgetrennt. Das Abteil war leer. Ich schob den kleinen Koffer auf die Gepäckablage über meinem Sitz und machte es mir gemütlich.

Ein Mann kam durch den Gang, blieb vor meinem Abteil stehen und schob die Glastür zur Seite.

»Sind die Plätze noch frei?«, fragte er.

»Schon möglich. Keine Ahnung«, antwortete ich. Er trat ein und setzte sich. Die Tür schob er hinter sich zu. Ich konnte mich nicht daran erinnern, jemals neben einem Menschen gesessen zu haben, der mehr nach kaltem Rauch und Kneipe gestunken hatte wie dieser. Mein Blick auf die Uhr sagte mir, dass ich es mehr als vier Stunden mit ihm aushalten musste, sollte er nicht eher aussteigen als ich. Ich plante bereits den Gang ins Bistro.

Aber in Dortmund, nach einer Stunde, verscheuchte ihn eine junge Familie. Sie war auf die restlichen vier Plätze in meinem Abteil gebucht. Der stinkende Mann nahm wortlos sein Gepäck und ging.

Gott sei Dank! Ich atmete auf, wenn auch nur vorsichtig. Zuerst musste gelüftet werden. Ob die Familie eine bessere Reisebegleitung für mich ist?, überlegte ich. Zwei Kleinkinder gegen Zigarettengestank und Alkoholdunst? Eine super Wahlmöglichkeit. Was heißt hier Wahlmöglichkeit. Ich hatte keine Alternative.

Ich würde mich nie gegen Kinder aussprechen. Kinder gehören zum Leben und ich muss halt das Beste aus ihrer Gesellschaft machen, überlegte ich. So entspannt, wie ich mir die Reise nach Berlin vorgestellt hatte, wurde sie nicht.

Das freundliche Ehepaar schien sich nicht vorstellen zu können, dass es im Leben anderer Menschen, die zufällig ihren Weg kreuzten, also Menschen wie ich, die im selben Abteil eine Reservierung vorgenommen hatten wie sie, dass für diese Menschen ihre Kinder nicht der Mittelpunkt des Universums waren.

Die beiden Kindergartenkinder, durchaus sympathisch und niedlich, aber erziehungsresistent oder einfach nur schlecht erzogen, bestimmten für drei Stunden mein Leben. Dem größeren Jungen fehlte der erste vordere Schneidezahn im Unterkiefer. Das stolzes Merkmal eines baldigen Schulkindes und damit verbunden, die Freude, sich von den anderen Kindergartenkindern abzusetzen. Für ihn war es die Ankündigung eines neuen Lebensabschnittes. Allerdings, die Art und Weise, wie er seine Umwelt von diesem Ereignis informierte, war nicht sonderlich angenehm. Er kam mir recht nahe, spreizte seine Lippen auseinander und präsentierte mir seine Zahnlücke und zischte mir seine ausatmende Luft entgegen wie ein feuerspeiender Drachen. Eine zischelnde Schlage konnte mich nicht mehr erschrecken. Ich erwartete jederzeit, seine gespaltene Zuge in der Lücke zu entdecken, und wich vor einer möglichen Berührung weit in meinen Sitz zurück. Er versprühte zwar kein Gift und mich traf auch keine Flamme, aber sein Speichel schoss mir in einer Tröpfchenexplosion entgegen. Seine Spucke war angereichert mit pappigen Krümeln der letzten verzehrten Salzstangen. Mit der Hand rieb ich über meinen Schal, schnippte einige Krümel von meinem Buch und sah den Vater an. Keine Reaktion. »Collin, möchtest du malen«, fragte die Mutter. Ein Kopfnicken und ein Zischen in ihre Richtung war von Platz dreizehn zu vernehmen. Ein großes Malbuch wurde aus Rucksack eins gekramt, ebenso eine Packung mit dicken hochwertigen Filzstiften. Auf einer Seite hatten sie eine normale Filzstiftmine und auf der anderen steckte ein Stempel. Collin blätterte durch das Malbuch und entschied sich für das Bild: Wickie, der Wikinger und die starken Männer. Wickie bekam rote Haare und grüne Kleidung. Schon nach den ersten Strichen konnte ich feststellen, wie geschickt und akkurat Collin mit den Filzstiften umging. Er malte perfekt aus. Wenn ich an meine Grundschulkinder dachte, die ich bei den Hausaufgaben betreute, und die bereits in der zweiten Klasse waren, schien Collin ihnen motorisch weit überlegen zu sein. Das ganze Ausmalpensum der ersten Klasse würde er spielend bewältigen. Das Ruckeln und Wackeln des IC wirkte sich auf meine Handschrift schlecht aus, aber Collin schien selbst das nichts auszumachen.

»Du bist aber schon fast ein Schulkind, so toll, wie du ausmalst«, lobte ich den Burschen. Collin schien begeistert, hielt mir Wickie direkt vor mein Gesicht, begleitet von einem lauten Zischen. Eine weitere Speichelfontäne erreichte mich und ein geöffneter brauner Filzstift kam meiner hellen teuren Esprit-Jacke verdammt nahe.

»Collin, pass auf!«, hörte ich von links. »Sonst malst du die Tante gleich an.«

»Welche Tante?«, fragte ich.

»Na, Sie. Macht es Ihnen was aus, bis Berlin die Tante meiner Jungens zu sein?« Sie integrierten mich auf der Fahrt in ihre Familie. Unfassbar. Ich hatte sie mit meiner Frage provozieren wollen, darüber nachzudenken, dass ich nicht die Tante ihrer Kinder war, sondern eine fremde Frau. Aber der Schuss ging nach hinten los.

Mittlerweile hatte ich erfahren, dass sie in Spandau aussteigen würden, also eine Station vor Berlin Hauptbahnhof. Ich verkroch mich in meine Ecke und wich geschickt dem kreisenden Filzstift aus. Der Vater griff mein Lob auf, das ich gerade in Bezug auf die Motorik seines Sohnes geäußert hatte.

»Collin! Wie viel ist 5+5?«

Collin antwortete: »6«.

»Nein, Collin. 5+5 sind … ?«, dabei hielt er dem Kind die zehn Finger seiner Hände entgegen.

»10«, antwortete er jetzt spontan und malte weiter.

»Collin, wie viel ist 10-5?«

»9«, antwortete Collin, ließ den Stift fallen und trommelte sich mit beiden fäusten auf die Brust wie King Kong.

Die Mutter mischte sich jetzt in die Vorstellung ihres Sohnes in Bezug auf mathematische Grundkenntnisse ein. Sie hielt Collin ihre beiden Hände entgegen und versteckte anschließend eine hinter ihrem Rücken.

»5«, antwortete Collin und fiel polternd, begleitet von zischen Spucklauten, von seinem Sitz. Er sprang natürlich auf meine Handtasche, die auf dem versifften dreckigen Plastikboden zwischen meinen Füßen stand, und in der ich einige empfindliche Dinge wie meine Brille, den Fotoapparat und andere zerstörbare Kleinigkeiten aufbewahrte.

Die Mutter bleib jetzt auch endlich auf ihrem reservierten Platz sitzen und hatte die Habseligkeiten ihrer ganzen Familie verstaut. Das Abteil und die Gepäckablagefächer waren voll, jeder Haken war belegt. Ich behielt meine Jacke an, weil eine Klimaanlage nicht vorhanden war und die Lüftungsanlage nicht funktionieren konnte. Lennox, der kleinere der beiden Jungs, drehte ständig an den für ihn gut erreichbaren Knöpfen. Irgend ein unkontrolierter kühler Luftzug wehte durch das Abteil und es zog wie Hechtsuppe. Kurz bevor Collin von seinem Sitz gefallen war, hatte Lennox es geschafft, den Heizungsregulierungsknopf abzudrehen. Er rollte unter die Sitzbank. Lennox krabbelte über den Boden, suchte nach dem Knopf und kam dreckig, ohne

Knopf, wieder zum Vorschein. Mittlerweile flogen die Kinderturnschuhe durch das Abteil. Lennox stieg wieder auf seinen Platz und stellte sich hin. Direkt neben mir schwankte und wankte der kleine Kinderkörper in unregelmäßigem Rhythmus der Bahn hin und her. Eine Anweisung der Eltern vermisste ich. Die Mutter erzählte, dass sie seit ihrer Jugend keinen Zug mehr gefahren sei, und kritisierte die schlechte wackelige Fahrweise des Lokführers und die ständige Bremserei.

»Wenn das so weitergeht«, sagte sie, »fällt Lennox vom Sitz.«

Sie stand auf und holte aus der Kühltasche eine Frischhaltebox mit Leckereien. Rote und grüne Paprikaschoten, Kohlrabi, Möhren, alles mundgerecht geschnitten. In dem Moment, in dem sie mir daraus anbot und mir die Box unter die Nase hielt, bremste der Zug und Lennox flog von seinem Sitz, wie zu erwarten war. Die Filzstifte von Collin verteilten sich im Abteil, das Malbuch lag auf der Erde und der Vater tippte weiter auf sein Handy ein und blendete sein Umfeld völlig aus. Reflexartig fing ich Lennox auf, konnte nur knapp seinem roten, geöffneten Filzstift ausweichen. Die Mutter passte auf, das der Inhalt der geöffneten Frischhaltebox nicht durch das Abteil wirbelte. Lennox kam es komisch vor, dass die Tante ihn aufgefangen hatte. Er drehte sich zu seiner Mutter um, machte sie für das Bremsmanöver verantwortlich und schlug mit den kleinen Händen kräftig zu. Auch mitten ins Gesicht traf er seine Mutter. Sie sah etwas irritiert zu mir herüber und ich hatte den Eindruck, es war ihr unangenehm, von ihrem dreijährigen Sohn geschlagen zu werden. Aber sie sagte nichts und wehrte ihn auch nicht ab. Sie stand auf, entnahm aus

Rucksack Nummer zwei eine Medikamentenpackung und eine Spritze, eine riesige Spritze. In der Schachtel war eine braune Flasche. Ich glaube, es war ein Antifiebermittel. Sie zog die Spritze, ohne Nadel natürlich, an der Flasche auf. Eine roséfarbene Flüssigkeit füllte den Zylinder. »Mund auf!« Lennox, der jetzt auf dem Schoß des Vaters saßt, riss seine Schnute auf und ließ sich artig das Medikament in den Rachen spritzen.

Die Mutter sah mich an. »Der Kleine hat Fieber, die Ohren glühen schon. Sehen Sie, sie sind schon fast blau. Sie können sich gar nicht vorstellen, wie die letzte Nacht war. Ich glaube, Lennox hat mindestens 24 Stunden nicht geschlafen, und ich auch nicht«, klärte sie mich auf. Sie hatte mir eine Begründung für das Medikament geliefert, aber jetzt stand eine andere Frage im Raum. Warum fuhren sie mit einem fieberkranken Kind nach Berlin?

Die Kinder wurden jetzt gebeten, sich auf ihre reservierten Plätze zu setzen und bekamen die imaginären Anschnallgurte angelegt. Ihnen wurden die Smartphones der Eltern in die Hand gedrückt. Jeder bekam ein Spiel eingestellt und saß für die nächsten fünfzehn Minuten wie mit Pattex auf dem Sitz festgeklebt. Ich schloss die Augen, nickte für einige Minuten weg. In meine kurzzeitige Entspannung mischte sich ein unangenehmer Geruch, der sich schnell zu einen bestialischen Gestank entwickelte. Die Mutter, mit Namen Alex, hob ihren Jüngsten hoch, stemmte ihn so weit, dass sie ihre Nase zwischen die Gesäßbacken des Kleinen stecken konnte. Das geräuschvolle Einatmen signalisiert einen Geruchstest. Wieso ich wusste, dass die Frau Alex heißt? Collin hatte es mir gesagt: »An Mamas Schrank im Krankenhaus steht Alex, damit sie immer den richtigen Kittel anzieht«, hatte er mir erzählt. Lennox Finger schnellten weiterhin über das Sichtfeld. Er spielte Tetris und ließ sich durch nichts aus der Ruhe bringen.

»Boh, du stinkst ja erbärmlich«, hörte ich. Diese Äußerung hätte sie sich sparen können. Es war nicht zu überriechen. Rucksack Nummer drei wurde geöffnet, nachdem die Geruchsquelle ausgemacht war. Zum Vorschein kamen frische Windeln und Pflegetücher.

»Das ist doch wohl nicht dein Ernst?«, fragte der Vater des Stinkers seine Frau.

»Sollen wir noch zweieinhalb Stunden diesem elenden Gestank ausgesetzt sein?«

Wortlos stand die Mutter auf, nahm den kleinen Scheißer auf den Arm und verließ das Abteil. Sie ging Richtung WC-Zeichen. Das Familienoberhaupt grinste mich an.

»Glauben Sie mir, ich weiß, wovon ich spreche. Ich hätte sofort dieses Abteil verlassen, wenn sie die Isolation geöffnet hätte.«

Collin zischte mir wieder eine Spuckfontäne durch seine Schulkinderzahnlücke zu. Es dauerte nur Minuten und die langhaarige, brünette Mutter mit dem Pampas-Kind auf dem Arm, das unbeirrt Tetris spielte, betrat wieder das Abteil. »Fehlalarm«, sagte sie. »Es war doch nur ein ordentlicher Pubs.« Sie setzte den Kleinen wieder neben mich. Abwesend, auf das Handy konzentriert, erteilte er einen Befehl. »Ich will trinken. Gib mir einen Saft.«

»Ich habe auch Durst!«, rief Collin. Die Mutter hatte den Kulturrucksack noch nicht wieder geschlossen und öffnete bereits die Kühltasche.

»Collin bekommt ein Trinkpäckchen. Lennox Mineralwasser«, entschied sie.

Natürlich wollte Lennox auch ein Trinkpäckchen und holte tief Luft und stieß einen wilden Schrei aus, der jedes Trommelfell strapazierte. Ein Erpresserschrei, dachte ich. Er bekam natürlich sein Trinkpäckchen und der erste Schwall des köstlichen Getränkes suchte sich den Weg durch den Strohhalm auf den schmutzigen Abteilboden. Ich brachte meine Handtasche in Sicherheit, indem ich sie eng an meinen Oberkörper drückte und meine Füße, die in neuen Leder-Sneakers steckten, beförderte ich unter meinen Sitz. Zum Glück bekam ich von der Fontäne nichts ab. Die restliche Fahrt über musste ich meine Tasche auf dem Schoß halten, weil der Boden klebte.

»Wissen Sie, ob es hier ein Bordbistro gibt?«, fragte ich in die Runde. »Ich könnte jetzt einen Kaffee gebrauchen.« Doch es gab weder einen Speisewagen noch ein Bistro und auch der Service auf Rollen kam nicht vorbei. Durch die Gänge laufen und dort die Beine vertreten ging nicht, denn andere Reisende ohne Reservierungen blockierten mit ihrem Gepäck die Gänge. Mich ständig entschuldigen zu müssen, weil ich mich an den Reisenden vorbeiquetschte, ihnen auf die Füße trat oder sonst wie störte, hatte ich keine Lust. Ich blieb in meiner Schicksalsloge.

»Collin«, sagte jetzt der Vater, »kannst du schon bis 10 zählen?« Damit war Lektion zwei im Bereich Mathematik eingeläutet. Collin begann: 1,2,3 … bei 20 machte er einen Fehler. Er nannte danach gleich die 22 und dann die Zahl 24. »Stopp, Collin!«, rief der Vater. »Jetzt wird es falsch. Gestern konntest du das noch. Das müssen wir aber üben.« Müsst ihr nicht, dachte ich. Er wird es schon noch in der Schule lernen. Collin war gerade dabei, die Adressenkartei und die Telefonliste im Smartphone seines Vaters zu löschen. Er konnte sich nicht auf das Zählen und das Löschen gleichzeitig konzentrieren. Er hatte es geschafft, das freigegebene Spiel zu verlassen, und arbeitete sich durch Vaters Dateien.

»Was machst du da?"«, fragte der Vater.

»Ich rufe den Opa an und sage, dass wir gleich kommen.«

»Aber wir fahren doch gar nicht zum Opa nach Dortmund«, sagte die Mutter. »Wir fahren zur Uroma nach Spandau.« Lennox ließ das Smartphone seiner Mutter fallen und begann zu schreien.

»Ich will aber zum Opa nach Dortmund und nicht zur Uroma.«

»Wir fahren aber nach Berlin, immer weiter von Dortmund weg«, war die geografische Information an den Kleinen. Jetzt folgten das feuchte Zischen von Collin und das ohrenbetäubende schrille Gekreische von Lennox. Beide forderten, der Zugführer möge sofort umdrehen und wieder nach Dortmund fahren. Ich drehte mich weg, blickte starr durch die dreckige Scheibe, konnte die Landschaft, die vorbeirauschte, kaum wahrnehmen und erwartete jederzeit die Scheibe zerspringen zu sehen. Die Eltern sagten nichts, hielten sich beide die Ohren zu und warteten, bis der Anfall ihrer Sprösslinge vorbei war oder ihnen die Luft ausging. Als Lennox sich weinend auf dem Sitz zusammenrollte, weil ihm sicherlich die Stimmbänder schmerzten, setzte Collin erneut mit dem Geschrei an. Er erhielt jetzt einen Befehl der Mutter. »Collin, du nicht. Wenn du schreist, bricht hier gleich ein Chaos aus.«

»Welches Chaos?«, fragte ich. Ich empfand, dass durchaus der Höhepunkt des Chaos bereits erreicht war.

»Wer möchte denn eine Überraschung?«, fragte der Vater seine beiden Sprösslinge.

Sie schrien gleichzeitig:»Ich, ich ich!«

»Dann müsst ihr auch mit dem Schreien aufhören«, war seine Bedingung. Die beiden verstummten schlagartig. Bestechung, dachte ich. Erziehung durch Bestechung. In der nächsten Stunde wurde mindestens gefühlte zweihundert Mal das Wort Überraschung in diesem Abteil von den Eltern benutzt. In einer Überraschungspause holte Lennox tief Luft, plusterte seinen kleinen Körper auf und setzte zu einem Schrei an, der wieder die Scheiben des Zugabteils zum Schwingen brachte. Die Eltern hielten sich wieder beide die Ohren zu und ich tat es ihnen gleich. Lennox verkündete, bevor er zum zweiten Mal in dieser Phase der Zufahrt zum Schrei ansetzte, dass er keine Überraschung mehr wolle.»Ich will lieber schreien«, brüllte er. Die Stille, die folgte, irritierte mich. Wie es schien, hatte ich mich bereits an diese Geräuschkulisse gewöhnt. Aber die wohltuende Stille hatte eine Ursache. Es fing wieder an zu stinken. Die Mutter war erneut gefordert. Mit frischen Windeln und Pflegetüchern verließ sie mit dem Verursacher das Abteil und die Glastür fiel hinter den beiden ins Schloss. Alex hatte verkündet, dass die Toilettenanlage super dreckig sei und sie niemals ihr Kind auf so einem versifften Wickeltisch ablegen würde. Sie entschied sich für eine kleine freie Fläche auf dem Gang und legte das stinkende Monster auf den Boden. Der hygienische Unterschied zwischen einem versifften Wickeltisch und einem verdreckten Plastiknoppenboden war mir nicht klar. Sie als Krankenschwester wird schon wissen, was sie tut, dachte ich und außerdem geht es mich nichts an. Sie wechselte die stinkende Bandage. Gut, dass die Glastür geschlossen war. In der nächsten Zeit würde jeder, der hier vorbeiging, unter seine Schuhsohlen schauen und sich vergewissern, dass er nicht in einen Hundehaufen getreten hatte. Alex drehte die volle Windel geschickt zusammen und entsorgte sie im Mülleimer auf dem Gang.

Lange kann die Fahrt jetzt nicht mehr dauern, dachte ich und freute mich nicht nur auf Berlin und meinen Sohn. Der Gedanke, dieses Zugabteil bald verlassen zu dürfen, drängte sich in den Vordergrund. Die Kinder wurden wieder mit gesunden Snacks versorgt. Alex schaute auf die Uhr an ihrem Smartphone. Dann griff sie nach dem Smartphone ihres Mannes, der immer noch damit beschäftigt war, seine Dateien neu zu sortieren und zu sichern. Ihr reichte die zweifache Zeitangabe nicht. Und fragte zusätzlich mich nach der Uhrzeit. Ich schaute auf meine Armbanduhr.

»11:27 Uhr«, antwortete ich. »Haben Sie auch ein Smartphone?«, fragte sie. »Die zeigen meistens eine genauere Uhrzeit an.«

»Sie verstehen mich nicht? Oder? Ich muss Gewissheit haben, wie viel Uhr es ist«, klärte sie mich auf. »Ich muss frühzeitig beginnen, uns auf den Ausstieg vorzubereiten. Sonst schaffen wir das gleich nicht in Spandau.«

Sie verpackte das Spielzeug und die Verpflegung. Lennox und Collin wurden aufgefordert, ihre Turnschuhe mit Klettverschluss wieder anzuziehen. Aha, ist Collin doch noch nicht so ganz Schulkind. Ein wichtiges Merkmal eines Schulkindes sind Schuhe mit Schuhriemen. Er kann also noch keine Schleife. Ich überlegte, den Vater darauf hinzuweisen. Lennox verweigerte das Schuheanziehen. Kurzerhand erledigte diese Aufgabe die Mutter. Es dauerte nur Sekunden und die dreckigen Treter flogen wieder durch das

Abteil, trafen den Vater am Kopf. Der Vater sah mich an. Unsere Blicke ruhten aufeinander. Es war eine gerade Verbindung, die der einzige Ruhestrang in diesem Abteil war, der wie das Schwert eines Jedi-Ritters das Abteil in Ruhe und Chaos trennte.

»Ich habe Durst!«, rief Lennox.

»Jetzt nicht«, sagte die Mutter. »Wir sind gleich da.«

»Ich hab aber jetzt Durst«, brüllte er. Er holte Luft und setzte statt eines Schreis eine Drohung ab. »Ich schreie. Ich will Saft.« Blitzschnelle Bewegungen der Mutter und er hielt eine Trinkflasche in der Hand. Und jetzt wurde es eng, echt eng. Wenn mir vorher von dem Volumen des Abteils ein gefühltes Zehntel zugestanden wurden statt einem Fünftel, so wurden meine Ansprüche jetzt auf noch weniger Platzbedarf reduziert. Alex klappte den Kinderbuggy auseinander und begann, ihn zu beladen. Die Rucksäcke verschwanden aus den Ablagen und füllten die Sitzfläche und Netze des Buggys. Die Kühltasche passte in das untere Ablagefach. Jetzt wurde Mutters Winterjacke zusammengeknüllt und in ein weiteres Außennetz gestopft. Ich hatte keine Chance mehr mich an meinem Sitzplatz hinzustellen. Der Versuch, den bepackten Wagen durch die Glastür zu schieben, scheiterte. Er war aufgeklappt und bepackt zu breit. Auch mehrfaches verzweifeltes Drücken reichte nicht. Es fehlten circa 10 Zentimeter an der Türöffnung auf jeder Seite. Der Wagen wurde teilentladen und etwas zusammengeschoben. Passte. Jetzt stand er im Gang. Niemand konnte mehr an unserem Abteil vorbeigehen. Toilettenbesucher vom hinteren Ende des Zuges konnten ihr Ziel nicht mehr erreichen. In diesem Moment kam die Schaffnerin.

»So geht das aber nicht«, mahnte sie. »Sie müssen den

Wagen wieder ins Abteil schieben oder ihn zusammen-klappen. Also! Alles wieder zurück, marsch, marsch.«

»Meine Frau hat Angst, dass sie auf dem Bahnhof den Ausstieg nicht schafft«, sagte er zu mir. »Könnten Sie mir in Spandau einen Gefallen tun?«

»Klar, wenn ich helfen kann«, antwortete ich.

»Ich gehe auf den Bahnsteig. Vorher kurbeln wir das Fenster ganz nach unten und sie reichen mir alle unsere Sa-chen an, auch die Kinder. Das ist doch für uns die einfachs-te Methode auszusteigen.«

Er beobachtete seine Frau. Wenn Blicke hätten töten können, wäre ihr Mann jetzt auf der Stelle tot umgefallen. Sie plusterte sich auf, holte tief Luft. Im ersten Moment dachte ich, sie setzt jetzt auch zu einem Schrei an.

»Bist du verrückt«, brüllte sie. »Ich steig doch nicht aus und lasse die Kinder alleine im Zug zurück und dann auch noch bei der fremden Tante!«

Der Zug wurde langsamer, bremste und fuhr in Schritt-geschwindigkeit in den Bahnhof ein. Es wurde ein letztes Mal hektisch. Die Familie stand ausstiegsfertig im Gang. Nur Lennox entschied sich für die falsche Richtung. Flink wie ein Wiesel huschte er durch die Lücken. Der Zug brems-te noch einmal, bevor er zum Stillstand kam. Lennox stol-perte und stürzte, ausgebremst vom Gepäck anderer Rei-senden. Lennox schrie. Er schlug um sich und wurde zurückgereicht. Die Mutter schleifte ihn an der Kapuze sei-ner Winterjacke Richtung Ausgang und dem Vater huschte ein Grinsen über das Gesicht. Wenige Minuten später stan-den sie draußen. Der Zug verweilte noch ganze vier Minu-ten auf dem Bahnhof, bevor er weiter Richtung Berlin fuhr. Vier Minuten sind nicht viel, aber um einen Zug zu verlassen, ist es eine Ewigkeit.

Ich stand auf, klappte alle Sitzflächen hoch, reckte und streckte mich, hätte Samba tanzen können. Ich drehte mich und machte Kniebeugen und winkte der Familie draußen zu. Durch den geöffneten Fensterschlitz hörte ich noch:

»Gute Weiterfahrt und viel Spaß in Berlin!«

Dann folgten die bekannten Kinderstimmen. »Ich hab Hunger.«

»Gleich bei der Uroma gibt es was zu essen.«

»Ich will aber nicht zur Uroma, ich will zum Opa nach Dortmund. Und ich hab auch nicht gleich Hunger. Ich habe jetzt Hunger.«

Ich hörte einen schrillen Ton. Ob es Lennox war oder die Trillerpfeife des Zugbegleiters, der die Abfahrt ankündigte? Keine Ahnung. Noch dreizehn Minuten, dann bin ich auf dem Hauptbahnhof in Berlin. Claas, mein Sohn, wird mich mit dem Auto abholen und wir werden direkt weiterfahren an den Müritz See. Dieses Wellnesswochenende mit ihm hatte ich mir redlich verdient.

Lachsgratin und Pommes Rot-Weiß

Den schwer beladenen Golf-Trolley zog ich hinter mit her. Endlich erreichte ich die »Zechenschanze«, den Abschlag der Spielbahn zehn. Völlig außer Atem blieb ich neben meinen Spielpartnerinnen stehen. Sie quasselten miteinander, als wären sie sich gerade zufällig bei Edeka an der Käsetheke begegnet. Ich versuchte, mich auf das Spiel zu konzentrieren. Die letzte Spielbahn hatte ich von uns dreien am erfolgreichsten abgeschlossen und somit hatte ich an der nächsten Bahn die Ehre des Abschlags. Meine Atmung regulierte sich und ich trat auf die Abschlagsfläche, auf die kurzgemähte Rasenfläche, hinter der gedachten Geraden, die die beiden roten Holzkugeln bildeten. Das knallgelbe Holztee bohrte ich in den Boden und platzierte auf der obigen Mulde meinen Ball. Langsam drehte ich die weiße Kugel, bis mich das Logo der Deutschen Bank anlächelte. Die Damen kamen näher. Ich nahm die Schlagposition ein, begleitet von einem gigantischen Redeschwall.

Warum halten sie den Sicherheitsabstand nicht ein? Wenn ich jetzt aushole, könnte ich eine von ihnen treffen. Ist nicht mein Problem. Oder doch? Sie sind die besseren Spielerinnen. Sie müssten doch wissen, was Sicherheitsabstand bedeutet. Soll ich sie darauf hinweisen? Wie mache ich das nur, damit sie sich nicht von mir belehrt fühlen, die alten Hasen?

Ich trat von meinem Ball zurück und kündigte meinen Schlag an.

»Ja, ja, mach schon. Wir wollen auch abschlagen«, sagte Ingelore genervt.

Wieder nahm ich meine Schlagposition ein, atmete einmal tief durch und konzentrierte mich. Ließ alle Bewegungsabläufe im Schnelldurchgang durch meine Gedanken sausen.

»Wie viele Gläschen Sekt hat Uschi gestern Abend in sich hinein gekippt?«, fragte Annalena.

»Keine Ahnung, bei sechs hab ich aufgehört zu zählen«, antwortete die Ingelore.

»Und wie ist der Streit zwischen der Wirtin im Café und Mona um das versalzene Lachs-Gratin ausgegangen?«, fragte Annalena.

Ich löste meine Abschlagsposition noch einmal, trat an den Rand des Abschlags und vollzog ohne Tee und Ball einen perfekten Probeschwung. Dann nahm ich die endgültige Ansprechposition ein. Jetzt lief der immer wiederkehrende Film vor meinen Augen ab, der nötig war, um den kleinen weißen Ball perfekt auf die Reise zu schicken.

Meine Muskel spannten sich an, alle, besonders die Rückenmuskulatur, die Arme hielt ich gestreckt. Die Hände umschlossen den Griff des Golfschlägers. Mein Ziel hatte ich genau anvisiert.

Nicht zu krampfhaft zugreifen, locker und doch fest. Knie anwinkeln, die Fußsohlen in den Boden drücken, mit dem Rasen eins werden. Den Kopf über den Ball. Ich hatte kein gutes Gefühl, entspannte mich noch einmal und begann den Prozess aufs Neue.

Während dieser Konzentrationsphase mischten sich Gedanken an einen rheinischen Sauerbraten. Ich sah Semmelknödel vor mir, die Mona sich als Alternative zum versalzenen Lachs-Gratin bestellt hatte und der weiße Golfball mit dem blauen Logo der Deutschen Bank verwandelte sich in einen riesigen Semmelknödel. Mein Verstand setzte aus. Ich leitete den Rückschwung ein, bewegte das Eisen Fünf und meine Arme nach rechts, schwang den Schläger gen Himmel, verharrte den Bruchteil einer Sekunde und führte den Schlägerkopf wie ein Pendel auf den Semmelknödel zu. Im Treffmoment lachte Ingelore schrill auf. Der Klang ihrer Stimme vermischte sich mit dem dumpfen Ton, den Eisen Fünf und der Semmelknödel erzeugt hatten. Ich brach den Durchschwung ab, ließ die Arme sinken und war enttäuscht, nicht den wohlklingenden Ton gehört zu haben, der mir den Abschluss eines perfekten Schlags suggeriert hätte. Der Ball flog durch die Luft und ich stellte fest, dass es kein Semmelknödel war. Nach einigen Metern endete seine Flugbahn und mein Ball landete zwischen blühenden Obstbäumen. Es war nicht die gewünschte und anvisierte Landezone. Er sollte mitten auf dem Fairway liegen, in Höhe der 150-Meter-Marke. Hätte die kleine weiße Kugel einen Kondensstreifen in der Luft hinterlassen, dann hätten auch meine Golfpartnerinnen nachvollziehen können, wo mein Golfball zur Ruhe gekommen war. Denn von ihnen hatte ich erwartet, dass sie genau darauf ihren Fokus richten würden. Enttäuscht drehte ich mich um.

»Hab ihr gesehen, wo mein Ball gelandet ist?«, fragte ich frustriert.

»Den finden wir sicher gleich«, beruhigte mich Annalena, zwischen zwei Sätzen, die sich thematisch immer noch mit dem rheinischen Sauerbraten und dem Lachs-Gratin beschäftigten. Sie traf gleichzeitig die Schlägerwahl und zwängte ihre linke Hand in einen ledernen Golfhandschuh. Sie betrat die Abschlagsfläche, steckte ihr Tee in den Boden, positionierte den Golfball, holte aus und rief im Rückschwung über ihre linke Schulter Ingelore zu: »Hier isst man am besten Currywurst und Pommes Rot-Weiß, dann weiß man wenigstens, was man auf dem Teller hat. Und schmeckt immer!«

Sie traf ihren Ball. Er flog und flog und flog und landete in optimaler Schlagposition für den zweiten Schlag vor dem Grün.

Mein Golfball, der schöne neue makellose logodekorierte, war im großen grünen Schlund des Golfplatzes verschwunden. Wir fanden ihn natürlich nicht.

»Was mache ich nur falsch?«, fragte ich mich.

Ich beschloss, mit dem mentalen Training anzufangen. Technik alleine reichte einfach nicht aus. Vielleicht sollte ich mich auch auf Klatsch und Tratsch und Kochrezepte konzentrieren, um erfolgreich Golf spielen zu wollen.

Ich habe einen Termin

Um vier Uhr hatte ich einen Termin. Um 15:57 Uhr öffnete sich die Fahrstuhltür und ich trat in den Fahrstuhlvorraum der rheumatologischen internistischen Gemeinschaftspraxis von Dr. Haller und Dr. Müller. Sieben Personen standen vor der Praxistür. Alle wandten mir den Rücken zu. Gibt es keine kranken Männer, fragte ich mich. Es warteten nur Frauen auf Einlass. So muss es in den Zeiten des Sommerschlussverkaufs gewesen sein, wenn sich die Massen vor den Ladentüren drängelten, um nach dem Startschuss die Geschäftsräume zu stürmen. Zumindest habe ich es mir so immer vorgestellt.

Ich grüßte freundlich. Niemand drehte sich zu mir um. Niemand erwiderte meinen Gruß. Ich trat einen Schritt zur Seite.

»Bleiben Sie hinten, stellen Sie sich an«, hörte ich. »Hier geht es schön der Reihe nach.«

Die Dame direkt vor mir war groß und trug einen langen dunkelgrauen Mantel. Ihre Haare waren grau und kurz geschnitten. Von ihr ging ein etwas seltsamer Geruch aus. Ich trat einen Schritt zurück. Sollte der Fahrstuhl innerhalb der nächsten 3 Minuten wieder in der 5. Etage anhalten und Patienten in den Fahrstuhlvorraum entlassen, gäbe es ein Platzproblem. Die Grauhaarige drehte jetzt ihren Kopf zur Seite und sprach mit der Rothaarigen, die zu ihrer Linken stand. Ich konnte ihr Profil sehen. Mindestens achtzig, spekulierte ich, wenn nicht älter.

»Ich bin heute die Erste. Aber glauben Sie nur nicht, dass ich auch als Erste drankomme. Sie alle hier«, sagte sie und beschrieb einen Kreis mit ihrem Arm, den sie nicht besonders hoch erheben konnte, »sie alle sind schon wieder zuhause während ich immer noch auf der Liege sitze und warte. Ich gehe gleich zur Anmeldung, bin die Erste. Dann sagt das Mädel: gehen sie schon mal in den Raum. Machen sie sich frei! Und dann warte ich dort zwei Stunden, bis endlich der Arzt kommt. Das ist hier immer so.«

Ungläubig sah die Rothaarige ihre wartende Nachbarin an, die sich lässig auf ihren Senioren-Trolly stützte. »Zwei Stunden hat hier noch nie jemand warten müssen, das kann ich mir nicht vorstellen«, mischte ich mich ein. »Manchmal wartet man ein Viertelstündchen. Aber dieses kann einem wie eine Ewigkeit vorkommen.«

»Mischen Sie sich bitte nicht ein und stellen Sie sich hinten an. Ich bin heute hier die Erste«, fuhr sie mich unwirsch an.

Das Rascheln und Klingeln eines Schlüsselbundes war zu hören. Hinter der verschlossenen Tür wurde hantiert. Leise Stimmen waren zu vernehmen. Ich überlegte, wie die behandelnden Ärzte in ihre Praxisräume kamen. Gab es dort einen zweiten Aufzug, der den Medizinern den Weg, an der erkrankten Meute vorbei, ersparte? Die Praxistür wurde aufgeschlossen. Die wartende Dame mit dem Trolley blockierte gleich den Eingang.

»Wurde aber auch Zeit«, zischte sie das junge Mädel an.

»Sollen wir hier vor dem Aufzug versauern? Sind die Ärzte schon da?«

Die anderen Frauen drängelten und schubsten. Ich blieb stehen und betrat als Letzte den Praxisvorraum, ich hatte einen Termin. Zwei Sprechstundenhilfen saßen hinter dem Anmeldungstresen. Jetzt bildete die Menschenmenge keine Traube mehr, sondern eine Schlange, die sich vor der Anmeldung aufbaute. Ein Schild wies darauf hin, dass die Patienten warten sollten, bis sie aufgerufen wurden. „Abstand halten" stand dort in großen Buchstaben geschrieben. Sie waren so riesig, dass niemand seine Brille herausholen musste, um die Anweisung zu lesen. „ Bitte respektieren sie die Privatsphäre der anderen Patienten."

»Ich bin direkt vor Ihnen dran«, sagte eine frisch dauergewellte Grauhaarige, die mich mit ihrem Gehstock anschubste. »Ich kann nicht so lange stehen, ich setze mich ins Wartezimmer. Rufen Sie mich gleich?« Ich nickte. Die Dame mit dem dunkelgrauen langen Mantel und den kurz geschnittenen fettigen Haaren stand vor dem Anmeldepult, obwohl sie niemand gebeten hatte, vorzutreten. Ja, ihre Haare waren fettig, unwahrscheinlich, dass sie Gel benutzte und sich stylte, daher der seltsame Geruch, dachte ich. Ihren Senioren-Trolly hatte sie vor dem zweiten Anmelde-Point abgestellt. Selbst wenn die Rothaarige, die ihre Jacke aufgehängt hatte und die Zweite in der Warteschlange war, ihren Namen vernehmen würde, hätte sie keine Chance vorzutreten.

»Wird das hier heute noch mal was?«, fragte die erste potenzielle Patientin des Sprechstundennachmittags. »Wir haben vier Minuten nach vier.«

Das Telefon klingelte. Die erste Sprechstundenhilfe nahm den Hörer ab. Die zweite fragte jetzt endlich: Was kann ich für Sie tun? Sagen Sie mir bitte Ihren Namen.«

»Ich habe einen Termin«, antwortete die Grauhaarige in dem langen Mantel mit dem Senioren-Trolly und legte einen kleinen Zettel auf das Pult. Sie nannte ihren Namen und welchen Arzt sie beehren wollte.

»Oh, das ist jetzt aber komisch«, antwortete die medizinischtechnische Assistentin. »Dr. Haller hat Urlaub. Wer hat Ihnen denn für heute einen Termin gegeben?« Sie schaute nochmals in den Kalender. Sie fand den Namen der Patientin nicht. Jetzt nahm sie den verknitterten Terminzettel in die Hand. Die Dame hatte beide Unterarme auf den Tresen gestützt und beugte sich weit vor, als wolle sie das Mädel beim Suchen im Kalender unterstützen.

»Aber sehen Sie, Sie haben heute gar keinen Termin. Am 22. Februar hat Dr. Haller Sie erwartet. Heute ist der 22. März. Sehen Sie selbst!«

Sie hielt der Patientin den Zettel entgegen. Ohne Brille schien diese gar nicht lesen zu können, was dort geschrieben stand. »Ich muss aber heute zum Doktor rein, und zwar sofort. Ich bin die Erste heute.«

»Nein, Sie sind nicht die Erste. Sie haben gar keinen Termin.«

»Sicher habe ich einen Termin. Können Sie nicht lesen. Da steht er drauf, klar und deutlich.« Sie langte mit ihrem Arm über den Tresen und zeigte auf den Zettel, den die Sprechstundenhilfe in Händen hielt.

»Sie haben heute keinen Termin. Sie stehen nicht im Kalender. Dr. Haller hat Urlaub. Es tut mir echt leid, aber ich kann Ihnen nur anbieten, einen neuen Termin zu vereinbaren. Mehr nicht«

»Gut, dann komme ich morgen wieder. Ich muss unbedingt zum Arzt rein.«

»Nein, das geht nicht«, sagte das freundliche Mädchen. »Dr. Haller ist eine Woche nicht da. Den frühesten Termin, den ich Ihnen anbieten kann, wäre der 22. April.«

Sie sah hilfesuchend zu ihrer Kollegin hinüber. Diese warf ihr einen Blick zu, in dem geschrieben stand: Los, mach schon, beeil dich. Die Sprechstunde muss beginnen, die Patienten warten, der Arzt wartet.

»Dann gehe ich eben zu dem anderen Arzt. Wie heißt hier der andere?«, fragte die Grauhaarige mit dem langen dunkelgrauen Mantel.

»Der andere Arzt heißt Dr. Müller, aber er hat heute keinen Termin mehr frei. Ich habe Ihnen hier den 22. April aufgeschrieben. Der Termin ist Ihnen jetzt sicher.«

»Können Sie mich nicht geschickt dazwischenschieben? Ich bin doch heute die Erste. Außerdem bin ich ein Notfall.«

Ich hatte das Gespräch zwischen der Patientin und der Assistentin des Arztes verfolgt. Die alte Dame tat mir leid. Für mich war es offensichtlich, dass sie fest davon überzeugt war, heute einen Termin zu haben. Ich war froh, dass ich nicht auf der anderen Seite des Tresens stand und eine Entscheidung in dieser Situation treffen musste. Was würde jetzt weiter passieren? Würde sie abgewimmelt werden. Würde das junge Mädchen nachgeben und sie dazwischenschieben. Obwohl ich weit hinter dem Schild stand, das auf die Privatsphäre hinwies, bekam ich jedes Wort mit. Es schien, die alte Patientin konnte schlecht hören und die Mitarbeiterin passte sich der Verständigungslautstärke an.

»Was haben Sie denn für Beschwerden? Tut Ihnen was weh?«

»Nein, mir tut nichts weh. Ich muss zum Arzt rein. Es ist bald Ostern und ich kann das alles nicht mehr. Ich brauche jemanden, der mir die Betten bezieht, die Matratzen absaugt, die Gardinen wäscht. Ich brauche jemanden für den Hausputz.«

Die medizinischtechnische Assistentin veränderte ihre Miene. Sie sah nicht mehr so freundlich aus. »Kommen Sie mal hierher zur Seite, lassen Sie die anderen einmal vorbei«, sagte sie mit einer erstaunlich entspannten Stimme, die nicht zu ihrem Gesichtsausdruck passte. »Hier ist Ihr neuer Termin. In einer Woche ist Dr. Haller wieder da. Dann rufen Sie ihn an und besprechen alles Weitere mit ihm.« Sie händigte der Dame die Visitenkarte der Praxis und den Zettel mit dem Termin aus.

»Soll ich hier reingehen?«, fragte die Dame und wies mit ihrem Stock auf die Tür mit der Aufschrift Labor.

»Nein, Sie dürfen jetzt nach Hause gehen. Wir sehen uns dann im April wieder.«

»Aber dann ist Ostern vorbei.«

Sie drehte sich um und bahnte sich den Weg durch die wartenden Patienten. An der Ausgangstür stand ein älterer Herr, gekleidet in einen langen dunkelgrauen Mantel, mit hochgeschlagenem Kragen und roter Nase.

»Was ist, meine Liebe?«, fragte er, als die alte Dame mit dem langen dunkelgrauen Mantel ihn erreicht hatte. »Warst du erfolgreich?«

»Nein, leider nicht, lass uns morgen zu Dr. Klausen, den Orthopäden, gehen. Jetzt wo wir keine Praxisgebühren mehr bezahlen müssen, ist es ja egal, welchen Arzt wir aufsuchen. Vielleicht hat der vor Ostern noch einen Termin für mich. Ich kann schließlich mit dem Osterputz nicht bis nach Ostern warten. Hast du seinen Terminzettel griffbereit?«

»Komm, meine Liebe«, sagte der ältere Herr und legte fürsorglich den Arm um seine Frau. Diese drehte sich noch einmal um. »Es gibt auch noch andere Praxen in dieser Stadt, bei denen man besser behandelt wird, die Verständnis haben für eine alte Frau, die ihren Frühjahrsputz nicht mehr alleine bewältigen kann«, sagte sie schnippisch.

»Lass gut sein, meine Liebe. Diese jungen Dinger haben ja keine Ahnung. Bei Dr. Klausen ist die Frau am Tresen viel älter, die hat sicher mehr Verständnis für dich. Und wenn nicht, dann helfe ich dir wieder wie im letzten Jahr.«

Tausche Freundschaft gegen Liebe

Okay, die Mädels waren mir ans Herz gewachsen, aber manchmal war das zunehmende Pärchengetue nicht mehr zu ertragen. Meine engsten Freundinnen waren alle unter der Haube oder in festen Händen. Das hieß: abends auf dem Sofa in vertrauter Zweisamkeit einen Film anschauen, samstags über den Markt schlendern und einmal in der Woche einen Herren- bzw. einen Damenabend veranstalten. Die gemeinsam durchfeierten Nächte, in denen wir geflirtet und getanzt hatten, als gäbe es kein Morgen, waren vorbei. Händchenhalten war bei meinen Freundinnen angesagt. Und was wurde aus mir, dem ewigen Single? Klar hätte ich gerne einen Mann an meiner Seite gehabt, aber ich kam über eine oberflächliche Kurzbeziehung nicht hinaus. Oftmals endete sie in einem One-Night-Stand und war beendet, bevor sich überhaupt eine Chance am Horizont abzeichnete. Ich schien beziehungsunfähig zu sein. Die Dreißig hatte ich lange überschritten und die Männer, die angeblich zu mir passten, nahmen quantitativ stetig ab. Meine Zweifel richteten sich gegen mich selbst. Ich war nicht hübsch genug, zu pummelig, zu klein, zu flachbrüstig. Wenn ich weiter über mein Aussehen nachdachte, wurde die Liste meiner Unattraktivität lang und länger. Je nachdem, in welcher Gesellschaft ich mich bewegte, mangelte es mir an Witz, Charme oder Ernsthaftigkeit. Ich fühlte mich nicht kommunikativ genug, glaubte, ich sei langweilig. Dann wieder drehte ich eine Spur zu weit auf, war zu sexy, zu freizügig und tanzte zu wild.

Ich muss zugeben, dass ich mich nur in der klassischen Bandbreite: Fünfunddreißig plus, maximal plus fünf orientierte. Etwas anderes sah mein Lebensentwurf nicht vor.

Den letzten Geburtstag feierte ich im Kreise der Mädelsclique. Sie ließen auf meinen Wunsch ihre männlichen Lebenstrophäen zuhause. Frank, Evas Partner, hatte angeboten, seinen besten Freund mitzubringen, sollte ich mich entscheiden und die maskulinen Pendants ebenfalls einladen. Ich bemerkte den Verkuppelungsversuch. Ich verzichtete. Meine Männer suchte ich mir immer noch selber aus.

Ganz ohne einen männlichen Part verlief die Party dann doch nicht. Meine Freundinnen brachten Männer mit – und was für welche. Feierlich balancierte Eva das Gemeinschaftsgeschenk in die Küche und platzierte es auf dem Küchentisch. Mit einem breiten Grinsen auf dem Gesicht liftete sie das Geschirrtuch. Zum Vorschein kamen zehn knackig gebräunte männliche Teigwesen.

»Wir dachten, da du immer noch solo bist, backen wir dir ein paar Männer zur freien Auswahl.«

Ich gab zu, dass die Kreativität meiner Freundinnen unschlagbar war. Sie hatten mit Fingerspitzengefühl detailgetreue Männer gestaltet. Es waren kleine Kunstwerke. Aber wo hatten sie nur ihre Sensibilität in Bezug auf meine Gefühle gelassen? Ich war beleidigt, enttäuscht. Sie drückten mit ihrem Geschenk aus, dass ich zu wählerisch sei und der Mann an meiner Seite noch gebacken werden müsse.

Nachts setzte ich mich gemütlich auf mein Bett und vernaschte die ersten fünf meiner Männer. Dem blondgelockten Surfer biss ich genüsslich den Kopf ab und dem Anzug tragenden Manager leckte ich so lange den Zuckerguss vom Leib, bis er nackt vor mir lag. Die dunkelbraune Schokoladenglasur knackte, als ich meine weißen Zähne in den muskulösen Oberarm eines Athleten drückte. Ich begnügte mich nicht nur mit den Armen und Beinen. Dem nächsten Prachtexemplar knabberte ich den phallusartigen Auswuchs ab und entfernte mit meinen Zähnen die beiden Smarties. Die letzten Krümel spülte ich mit Rotwein hinunter. Fünf Männer in einer Nacht, dachte ich, das soll mir erst eine nachmachen! Doch wohl fühlte ich mich nicht. Ich vergrub mein Gesicht im schokoladenverschmierten Kopfkissen und heulte mich in den Schlaf. Danach änderte ich meine Strategie bei der Partnersuche. Ich wechselte vom Kreis der gleichaltrigen in den Dunstkreis der jüngeren Männer. Es war leicht. Ich ging auf andere Partys. Und wenn ich ehrlich war, junge Männer hatten mich immer schon mehr interessiert, doch die vorgegebenen Eckdaten der Gesellschaft standen bisher meiner Leidenschaft entgegen. Langweilig versprach das Wochenende nicht zu werden. Ich erlebte inspirierende witzige Stunden mit befreiendem Tanz und netter Unterhaltung. Den Ausklang der Nacht verbrachte ich nicht allein. Madonna hatte recht:»Junge Männer wissen, was sie tun möchten, und sie tun es die ganze Nacht.« Mir ging es gut. Als ich aufstand, fielen die goldigen Strahlen der Mittagssonne in mein Schlafzimmer und ich zwinkerte den restlichen fünf Männern auf meiner Kommode zu, während ich den jungen sportlichen Körper meiner nächtlichen Eroberung zärtlich berührte. Das sexuelle Kraftfeld, das uns verband, hatte nichts mit dem Geburtsdatum zu tun. Er war jung. Sicherlich mangelte es ihm an Lebenserfahrung, aber körperlich war er mir ebenbürtig. Ob ich seine partnerschaftliche Seite kennenlernen würde, würde sich herausstellen. Doch bereits jetzt hatte er mich spüren lassen, dass er charmant, amüsant und einfühlsam war. Ich hatte das Gefühl, da war mehr zwischen uns als nur eine intensive, aber flüchtige sexuelle Begegnung.

Ich aktivierte die Kaffeemaschine. Mein Handy verkündete den Empfang einer SMS. Ich wollte nicht gestört werden. Heute nicht und jetzt schon gar nicht. Doch meine Neugier ließ mich dann einen Blick riskieren. Nick schrieb mir eine SMS. »Wo bleibst du, schönste aller Frauen? Komm zu mir zurück, ich vermisse dich!« Ich schlich zum Schlafzimmer und beobachtete den schönsten aller Männer durch den Türspalt, der wieder eine SMS zu schreiben schien. Ich erschrak, als das Handy in meiner Hand vibrierte. Diese Kurznachrichten waren Komplimente einer jüngeren Generation und sie waren Balsam für meine Seele. Mein Körpergefühl war extrem positiv, so wie ich es schon lange nicht mehr wahrgenommen hatte.

Ich brachte ihn am Abend nach Hause. Er bewohnte ein winziges Zimmer in einer Wohngemeinschaft. Er bat mich, mit hinaufzugehen, stellte mich seinen Mitbewohnern vor. »Das ist Mia. Wir sind glücklich!« Er sprach unbefangen aus, was er fühlte. Jedes Wort stimmte, auch das »wir« in seiner Aussage. Ich war ebenfalls glücklich. Doch warum konnte ich nicht so formulieren? Hatte ich Angst vor meiner eigenen Courage, hatte ich Angst, dass sich die beflügelnden Momente schnell wieder verflüchtigen würden, wenn ich sie aussprach?

Ich kostete unser Verliebtsein aus und Nick überhäufte mich mit Komplimenten, wie ich sie bisher nie erfahren hatte. Er klebte Zettelchen mit kleinen Liebesschwüren an den Spiegel und an den Kühlschrank. Er rief mich an, wann immer er Sehnsucht nach mir hatte und flüsterte mir Zärtlichkeiten ins Ohr. Am meisten gefiel mir: Ich brauchte nur ICH sein und sonst gar nichts. Ich bat Nick, mich vom nächsten Mädelstreffen abzuholen. Es war an der Zeit, ihn meinen Freundinnen vorzustellen. Zuhause vor dem Spiegel hatte ich geübt:»Das ist Nick, wir lieben uns. Das ist Nick, wir sind glücklich.« Ich sprach es immer wieder aus, nicht weil ich daran zweifelte, sondern weil ich glaubte, dass meine Freundinnen sich unsere Liebe nicht würden vorstellen können, wenn ich nicht überzeugend genug rüberkam. Konnten sie auch nicht. An den nächsten Tagen stand mein Telefon nicht still. Meine besten Freundinnen überhäuften mich mit guten Ratschlägen, die alle in Verbindung mit dem Altersunterschied zwischen Nick und mir standen. Sie meinten es gut mit mir, wollten mich vor einer großen Enttäuschung bewahren. Sie sprachen davon, dass die Fallhöhe bei dem Altersunterschied von mehr als 10 Jahren besonders hoch sei, und baten mich, zu überprüfen, ob nicht ein Anflug von Muttergefühlen im Spiel sein könne. Ich ärgerte mich. Ob gute Freundinnen hin oder her, ich wurde wütend auf sie. Ich fragte sie, warum es für sie so schwer sei, sich mit mir zu freuen. Sie schafften es nicht. So viel zu dem Phänomen »beste Freundinnen«. Ein altersübergreifendes Miteinander wurde zunehmend schwieriger. Nick war immer der »junge Lover«.

Nina und ihr väterlicher Ehemann Herbert gaben eine Gartenparty. Unsere Mädelsclique nebst Anhang war eingeladen. Nina hatte mich im Vorfeld darauf hingewiesen, nicht allzu lässig gekleidet zu erscheinen.

»Es sind Geschäftspartner von Herbert geladen«, verkündete sie, offensichtlich leicht unangenehm berührt. Sie zog die Stirn in Falten. Sie gab nur weiter, was Herbert ihr aufgetragen hatte.

»Sollen Nick und ich lieber wegbleiben?«, fragte ich leicht sauer.

»Nein, nein, auf keinen Fall. Ich hoffe nur, ihr langweilt euch nicht.«

»Nick wird es schon überstehen«, konterte ich. »Er kommt ausschließlich mir zuliebe mit.«

Herbert begrüßte uns. Er schlug Nick freundschaftlich auf die Schulter.

»Junger Mann, schön, dass Sie meiner Einladung gefolgt sind. Schade, dass meine Kinder heute nicht zu den Gästen zählen, so müssen Sie heute dafür Sorge tragen, dass der Altersdurchschnitt meiner Gäste gesenkt wird.«

Ich hatte Nick gebeten, sich nicht aus der Reserve locken zu lassen. Aber er hielt sich, angesichts dieser dummen Bemerkung, nicht zurück.

»Schade!«, sagte er. »Schade, dass Ihre Kinder nicht da sind. Da werde ich den Abend allein in Ihrem Sandkasten verbringen.«

Nina versuchte, die Situation zu entzerren, indem sie uns mit sich in den Garten zog. Der Abend schien unter keinem guten Stern zu stehen.

Die bunten Lampions tauchten die parkähnliche Anlage in ein weiches orangefarbenes Licht. Nick legte seinen Arm um meine Schulter und wir schlenderten verliebt, mit einem Cocktail, in dem zwei Strohhalme steckten, auf die Bank unter der dicken Buche zu. Die Augenpaare vieler älterer Gäste begleiteten uns. Sie beobachteten die Freundin ihrer Gastgeberin mit ihrem jungen Typen und tuschelten heftig. Wortfetzen flogen zu uns herüber. »So jung ... eine Spur unmoralisch ...« Als ich später in der Laube zufällig ein Gespräch belauschte und Nick auf seine sexuelle Leistungsfähigkeit reduziert wurde, beschlossen wir uns zurückzuziehen. Die Mädelsfreundschaft würde einschlafen, da war ich mir sicher. Ich war jetzt bereit, Freundschaft gegen Liebe einzutauschen.

Das teure Schälchen

Große rote Aufkleber. Sie waren schräg über die Schaufenster des Modegeschäftes geklebt. Sie kündeten die Aufgabe der Geschäftstätigkeit an. Einige Jahre hatte diese Boutique vergeblich versucht, im Schatten des gegenüberliegenden großen Textilfachgeschäftes zu überleben. Gezielt hatte ich das kleine Ladenlokal nie aufgesucht, denn die Schaufenstergestaltung hatte mich zu keiner Zeit angesprochen. Eine Freundin präsentierte mir jetzt ihre neue, preiswerte Marken-Jeans, erstanden im Räumungsverkauf dieser Damenboutique.

»Wäre die nicht was für dich?«, fragte sie mich. »Ich würde an deiner Stelle dort mal vorbeischauen«, und sie klopfte auf ihre Oberschenkel, die in der gekauften Schnäppchen-Jeans steckten.

Gekleidet in eine beigefarbene Velours-Hose und einen zart türkisfarbenen Kaschmirpulli mit V-Ausschnitt mischte ich mich am Samstagmorgen in das bunte Treiben der Fußgängerzone. Der sommerliche Wind spielte mit dem türkisgrün-bunten Schal, den ich mir kunstvoll um den Hals geschlungen hatte. Der frische Duft meines Parfüms, der an diesem Schal haftete, umspielte mein Gesicht und kribbelte leicht in der Nase.

Auf dem Weg zum Wochenmarkt kam ich dann am empfohlenen Modegeschäft vorbei. Ansehen kann ich mir ja das reduzierte Restangebot einmal, überlegte ich und möglich, dass ich zufällig ein Schnäppchen mache. Ich nahm mir vor, nichts zu kaufen, was mir nicht hundertprozentig gefallen würde, egal wie preiswert. Mein Schlafzimmerschrank beherbergte jede Menge Kleidungsstücke, die das Resultat eines Spontankaufs waren. Untragbare Sachen, schlicht und ergreifend: Fehlkäufe.

Ich trat aus der belebten quirligen Fußgängerzone in das Geschäft. Kunden entdeckte ich keine. Zwei Damen, die die Verkäuferinnen dieser Einrichtung waren, nickten mir auf meine Begrüßungsworte mit einem kaum wahrnehmbaren Kopfnicken zu. Die blonde Dame strich ihren schwarzen Rock glatt, der ihre Hüften eng umspannte und begutachtete sich und ihre Figur in einem überdimensional großen Wandspiegel. Mir schenkte sie keine Beachtung. Die dunkelhaarige Verkäuferin zupfte an ihren Haaren herum und kokettierte mit ihrem eigenen Spiegelbild. Beide unterhielten sich angeregt. Ich sah mir einige Kleidungsstücke an. Auf Anhieb entdeckte ich nichts, was mir gefiel. Also steuerte ich das Regal mit den Jeans in meiner Konfektionsgröße an. Ich fischte zwei Modelle aus dem Stapel. Beides waren Markenhosen von Qualität und bekannt für ihren optimalen Sitz.

Die Verkäuferinnen waren so in ihr Gespräch vertieft, dass ich meine Frage, ob ich die beiden Jeans einmal anprobieren dürfe, gleich zweimal stellte.

»Ja, sicher,« sagte die blonde der beiden Damen genervt und wies mit der Hand auf die Umkleidekabine. Ein unausgesprochener Satz lag in der Luft.

»Frag doch nicht so blöd und störe uns nicht.«
Ich hatte es hier mit Damen zu tun, für die Kaufinteressierte nur lästiges Beiwerk in ihrem Arbeitallstag zu sein schienen. Einfach nur ein Störfaktor. Ich schloss geräuschvoll den Vorhang der Kabine und zog die Schuhe und die Velours-Hose aus.

»Hast du gehört, dass Gaby jetzt auch in Scheidung

lebt?«, vernahm ich.

»Lässt er sich jetzt von ihr scheiden, oder sie sich von ihm?«, war die Gegenfrage.

»Ich weiß nur, dass er jetzt ganz verliebt mit einer anderen rummacht, einer viel Jüngeren. Ich hab die beiden schon eng umschlungen zusammen gesehen.«

»Und, was macht Gaby jetzt? Hat sie Weltschmerz oder auch schon wieder einen Neuen am Start?«

Ich hatte gerade die erste Jeans angezogen. Der Hosenbund circa fünf Zentimeter von meinem Bauch entfernt ersparte mir den Blick in den Spiegel. Hatte ich sie aus dem falschen Stapel gezogen oder sie war falsch einsortiert. Egal, diese Hose zog ich sofort wieder aus. Sie war zu groß. Ich steckte meinen Kopf und die Hand mit der Jeans in der falschen Größe durch die Vorhanghälften der Umkleidekabine und fragte in Richtung Verkäuferinnen, ob sie dieses Modell in einer kleineren Größe für mich hätten.

»Wenn Sie in dem Stapel nichts gefunden haben, dann ist Ihre Größe schon raus,« bekam ich zur Antwort.

Die blonde Dame, deren aufdringliches Parfüm zu mir herüberwehte und meinen eigenen dezenten Duft völlig verdrängte, nahm die Jeans entgegen und warf sie achtlos auf die Theke.

»Ich an Gabys Stelle würde versuchen herauszuholen, was herauszuholen ist, wenn es zur Scheidung kommt. Wenn er sie schon so offiziell betrügt, soll er auch für die ständigen Demütigungen bluten«, vernahm ich.

Für mich schien sich hier niemand zu interessieren. Erwarteten die beiden Scheidungskonflikte diskutierenden Verkäuferinnen, dass ich in Slip und auf Socken in den Verkaufsraum hineintrat, um mir selber die passende Größe aus ihrem ungeordneten Chaos zu beschaffen? Ich zog mich wieder an und warf die zweite Jeans, die ich gar nicht mehr anprobiert hatte, auf den Tisch.

»Es passt leider nichts,« sagte ich, »Tschüss!«

Sie erwiderten meinen Gruß nicht. Wütend über ihre Ignoranz ging ich auf die Ausgangstür zu. Die Lust auf ein Schnäppchen war mir vergangen.

»Hallo, Moment mal,« vernahm ich hinter mir. Ich drehte mich um und schaute in zwei ernste Gesichter.

»Und,« sagte die blonde Verkäuferin fragend, »das teure Schälchen, wollen wir das nicht bezahlen?«

Ich wusste gar nicht, was sie meinte und schaute sie irritiert und fragend an.

»Na, das teure Schälchen, dass Sie da umgebunden haben, meine ich, das haben wir doch wohl vergessen zu bezahlen!« Ich fasste an meinen Schal.

»Meinen Sie den? Das ist meiner, den habe ich sehr wohl schon bezahlt, aber nicht bei Ihnen,« sagte ich.

»Das kann aber nicht sein, vorhin hing er noch an unseren Schalständer.«

Sie bezichtigten mich doch tatsächlich eines Diebstahls. Ich hatte »das teure Schälchen«, und es war wirklich ein teures, im Allgäu in Oberstaufen in einem kleinen Modegeschäft erstanden und auch die Belege meiner Kreditkartenzahlung zuhause abgeheftet. Nachdem ich realisiert hatte, in welch unangenehmer Situation ich mich befand, ging ich in die Offensive. Wütend fauchte ich die beiden Damen an.

»Wenn Sie sich besser auf Ihre Aufgabe in diesem Geschäft konzentriert und mich mich nicht kontinuierlich ignoriert hätten, dann wäre Ihnen sicher aufgefallen, dass ich beim Betreten des Geschäfts das »teure Schälchen« bereits getragen habe.« Ich hätte gerne noch einige unflätige Bemerkungen hinzugefügt, aber ich beherrschte mich.

Die dunkelhaarige Verkäuferin hatte sich jetzt zum ersten Mal bewegt und kam mit »ihrem teuren Schälchen« in der Hand, das sie vom Rundständer abgenommen hatte, auf mich zu. Ihre Augen blickten vom Stoff in ihren Händen zum Schälchen an meinem Hals und sie schienen einen Vergleich anzustellen. Eine Entschuldigung kam nicht über ihre Lippen. Wortlos drehte ich mich um.

Im Herausgehen rief ich ihnen zu: »Und grüßen Sie Gaby von mir, ich wünsche ihr eine erfolgreiche Scheidung.«

Die Wollmaus

Die Wollmaus, die artverwandt ist mit dem »norwegischen Wohnungskaninchen« und mit dem »grauen finnischen Staubhund«, der eine verblüffende Ähnlichkeit mit einem Pudel aufweist, ist, so delikat sie auch zubereitet sein mag, für den menschlichen Verzehr nicht geeignet. Selbst die heimische Hauskatze wird sich nicht die Tatzen danach lecken. Aber nichtsdestotrotz begegnete sie mir im Umfeld eines noblen Golfplatzes. Meine golfspielenden Freundinnen und ich hatten eine kleine Tour in den Norden unseres Landes unternommen. Wir eroberten perfekte Golfplätze. Der krönende Abschluss dieses Golfurlaubs war die Achtzehnloch-Anlage eines auf lange Tradition zurückblickenden Platzes. Glücklich über eine sportlich anspruchsvolle Runde, die geprägt war von perfekten Schlägen, vorzeigbaren Ergebnissen und der einmaligen urwüchsigen Natur, saßen wir in dem kleinen Golfrestaurant, das den altehrwürdigen Eindruck der Gesamtanlage aber nicht fortsetzte. Es war ein Imbissrestaurant, eine Mischung aus Schnellimbiss und Bistro. Doch das war uns egal, wir beabsichtigten die Golfplätze zu genießen und erwarteten keine Sternerestaurants.

Einer Stärkung, vor der Heimreise, war niemand abgeneigt. Wir studierten die Menükarte und Antonia jubelte über die Extraspeisekarte, auf der die unterschiedlichsten Matjesvariationen angeboten wurden. Sie waren in dieser Jahreszeit der gastronomische Schwerpunkt des Bistros. Nach einer Vorauswahl schwankte Antonia zwischen Matjes mit Rotweinzwiebeln und Matjesfilets auf Schwarzbrot mit Zwiebelringen und Créme fraiche. Die Hochglanzspeisekarte war bebildert und die Gerichte ließen ihr beim Anblick der von Meisterhand zubereiteten Matjesarrangements das Wasser im Mund zusammenlaufen. Wir gaben bei der freundlichen Bedienung unsere Bestellungen auf. Schnell hatte uns das Gespräch über die Erlebnisse der letzten Stunden mit der kleinen weißen Kugel voll im Griff. Die Speisen wurden serviert. Die Gespräche verstummten und die Kellnerin stellte vor jede hungrige Dame ein wahres Kunstwerk.

»Wenn das Essen so gut schmeckt, wie es aussieht, dann können Sie Ihrem Küchenchef schon einmal unser Lob übermitteln,« rief Ella und hielt das Besteck einsatzbereit in der rechten Hand. Während Antonia noch in ihrer Handtasche nach dem Fotoapparat kramte, wurden bereits die ersten entzückenden Laute über die Schmackhaftigkeit und den Genuss der Speisen ausgerufen. Dann stand auch vor Antonia, als letzte in der Runde, ein üppig gefüllter Teller. Alle Damen waren sich schnell einig, dass sie den Vogel abgeschossen hatte. Ihr Arrangement war mit Abstand das Schönste. Sie hatte ihren Fotoapparat gefunden und machte ein Bild vom ihrem Matjestraum. Es sollte später im Fotoalbum zwischen den Golfbildern einen Ehrenplatz erhalten.

Antonia schubste mich in die Seite und neigte sich zu mir herüber.

»Schau mal, was da auf meinem Teller liegt, weißt du, was das ist.« Sie flüsterte leise, hinter vorgehaltener Hand, weil sie nicht allgemein bekanntgeben wollte, dass sie etwas auf ihrem Teller hatte, das sie nicht kannte und man sie später wieder damit aufziehen würde, dass sie von der »Nouvelle Cuisine« keine Ahnung hatte. Da ich mich für Matjes nun mal nicht begeistern konnte und ich auch den Geruch nicht sonderlich appetitanregend fand, warf ich nur einen flüchtigen Blick auf Antonias Teller und verneinte ihre Frage. Sie wand sich Ella zu, die rechts von ihr saß. Doch auch sie wusste nicht, was Antonia gerade sezierte. Mittlerweile hatte sie die Aufmerksamkeit der anderen auf sich gezogen.

»Also, wenn es das ist, was ich vermute,« rief Hanna vom gegenüberliegenden Platz, »dann bin ich jetzt auf der Stelle fertig mit Schönschreiben.« Sie ließ ruckartig und scheppernd das Besteck auf ihren Teller fallen. Wir unterzogen gemeinsam das fremde Objekt einer genaueren Untersuchung. Es dauerte nur Sekunden und alle hatten ihre Mahlzeit unterbrochen. Die Bestecke wurden abgelegt und die Servietten fuhren zum Mund. In ein knackiges Salatbett hatte der Küchenchef die Matjesfilets gelegt, mit hauchdünn geschnittenen Zwiebelringen dekoriert. Fein gehackte Zwiebelhäufchen wechselten sich ab mit Crème fraîche Tupfern ab. Die niedlichen künstlerisch geschnitzten Radieschen brachten etwas Rot ins Spiel. Die dicke, farblich gar nicht in dieses Potpourri passende Wollmaus, lag gemütlich zwischen zwei Radieschen. Dachte sie vielleicht, wenn sie sich ganz unauffällig zwischen diese zwei unschuldigen roten Rübchen duckte, den Gast täuschen zu können? Während wir noch über die Möglichkeit eines Filmbeitrags für »Die versteckte Kamera« nachdachten, verspeiste Antonia die leckeren Matjesfilets, da diese nicht in direktem Kontakt zur Wollmaus lagen. Als nur noch ein winziges Stückchen Matjes und die Wollmaus auf dem Teller lagen, zitierte sie die Kellnerin herbei. Sie konfrontierte sie mit diesem ungenießbaren Dekor-Element. Dem blonden und vor allem blassen Mädel des hohen Nordens sah man sofort an, wie ihr die Röte ins Gesicht krabbelte. Sie registrierte den Störfaktor, murmelte eine Entschuldigung, und verschwand mit dem Teller blitzschnell durch die Pendeltür in den Küchentrakt. Eine allgemeine Diskussion entstand darüber, was jetzt zu tun sei. Antonia wollte erst mal abwarten, es ging ja schließlich um ihre Speise, um ihren Teller.

»Ja, also,« sagte die Bedienung, als sie wieder an unseren Tisch trat, »mein Chef bittet Sie vielmals um Entschuldigung. Er kann sich dieses Missgeschick wirklich nicht erklären und möchte Ihnen anbieten, die servierte Speise nicht zu berechnen und Ihnen eine neue Portion Matjes zu servieren.«

Während alle anderen Damen ihre Nahrungsaufnahme abrupt beendet hatten und ihre Teller weit von sich weggeschoben, verzehrte Antonia die zweite Portion Matjes mit Zwiebelringen, auf Schwarzbrot mit Crème fraîche. Bezahlt hat sie weder die erste Portion mit der Zusatzbeilage einer Wollmaus noch die zweite, die zum Trost sogar ein Matjesfilet mehr enthielt.

Böse Zungen behaupteten später: »Wenn man günstig satt werden will, ist es immer gut, eine Wollmaus in der Handtasche zu haben.«

Die fantastischen Geschichten des Ludolfus de Witteringe

Brigitte Vollenberg, Britt Glaser,
Dirk Juschkat, Harald Landgraf
Books on Demand
ISBN 978-3-7504-2223-0
9,90 Euro

Vier findige Literaten, zwei Zeitebenen, eine Geschichte. Mit Ludolfus de Witteringe fanden Brigitte Vollenberg, Britt Glaser, Dirk Juschkat und Harald Landgraf eine historische Figur, die ermöglichte, Gegenwart und Geschichte zusammenfließen zu lassen. Was wäre, wenn der Ritter von Wittringen damals, vor etwa 800 Jahren, zu einem literarischen Fest eingeladen hätte und man aus der Jetztzeit in die Vergangenheit reisen könnte?

Ein Gedanken-Experiment führt Gäste in die mittelalterliche Welt von Rittern, Zank und Zauberei …

Piranhas im
Schlossgraben

Brigitte Vollenberg,
Dirk Juschkat
Books on Demand
ISBN 978-3-7528-2432-2
9,99 Euro

Piranhas im Schlossgraben? Eher unwahrscheinlich. Oder?
Die Geschichten, am Wegrand des Lebens aufgelesen, sind
so vielfältig wie sonderbar. Sorgfältig ausgesuchte Gedichte
umrahmen die Texte, sind in ihnen integriert und unter-
streichen die heiteren und skurrilen, aber auch mal ernsten
und kriminellen Geschichten. Erinnerungen werden wach.
Ja, das habe ich auch schon einmal erlebt, werden Sie
denken. Vielleicht hoffen Sie auch, dass Ihnen diese oder
jene außergewöhnliche Begebenheit nicht widerfährt. Und
genau durch diese Mischung entsteht der Spaß am Lesen.
Lassen Sie sich überraschen.

Die Soko Ki – Ferien, Freunde, Einbrecher

Brigitte Vollenberg
Books on Demand
ISBN 978-3-7534-5794-9
12,90 Euro

Emil zieht in ein barrierefreies Haus. Ob er neue Freunde finden wird? Auf der Gartenparty seiner Eltern lernt er Marlene und Faris kennen. Zusammen mit Kathi, einer Freundin aus Grundschultagen, schließen die vier schnell Freundschaft und verbringen gemeinsam eine Ferienwoche. Herr Kalikinsky, Emils schrecklicher neuer Nachbar, tritt in ihren Fokus. Es passieren merkwürdige Dinge. Zudem machen Einbrecher die Wohngegend unsicher. Die Freunde bilden ein Ermittlerteam und nennen sich die Soko Ki. Ihr Spürsinn ist geweckt und sie wollen die Einbrecher zur Strecke bringen.

Ein spannendes Buch für junge Leser ab 8 Jahren, das sich auch aktuellen gesellschaftlichen Problemen stellt.

Vergiftetes Schwesterherz und zehn weitere Morde

Greta Welslau
Books on Demand
ISBN 978-3-7578-0162-5
12,00 Euro

Die Schwestern Vivian und Carola trachten einander nach dem Leben. Ein morbider Wettlauf beginnt. (Vergiftetes Schwesterherz)

Die in die Jahre gekommene Ruhrpottperle Elfriede eifert wiedermal Miss Marple nach, denn ihre neue Nachbarin ist mit nur zwei Koffern in die Wohnung gegenüber eingezogen. (Miss Marple von Schalke und die geheimnisvolle Nachbarin)

Eine misshandelte Ehefrau sucht Zuflucht bei ihrer Freundin. Gemeinsam schmieden sie Pläne, um den gewalttätigen Ehemann loszuwerden. (Der letzte Triumpf)

Der junge Graffitikünstler Jamal kommt in der verlassenen Psychiatrie des Grauens zwei Gangstern in die Quere. (Der seufzende Tote)

So vielfältig wie das Leben selbst sind Greta Welslaus Cosy-Crime-Geschichten. Mal lustig, mal schaurig und oft mit einer Prise schwarzen Humors gewürzt, versprechen sie kurzweilige Unterhaltung und großen Lesespaß.

Brigitte Vollenberg

brigitte@vollenberg.de
www.brigittevollenberg.de

Die Ideen für Kurzgeschichten findet Brigitte Vollenberg am Wegrand des Lebens. Doch ein in harmloser Absicht begonnener Text mutiert oftmals zum Krimi. Seit 2009 hat sie mehr als 300 Texte verfasst, von denen 140 in Anthologien und Literaturzeitschriften veröffentlicht wurden.

2011 erschien ihr Kurzgeschichtenband „WOLKENLOS chaotisch" mit heiteren Urlaubsgeschichten, 2020 in überarbeiteter Neuauflage. 2015 erschien das Buch „Gladbeck, vor und hinter den Kulissen" und im Juli 2018 zusammen mit dem Lyriker Dirk Juschkat das Buch „Piranhas im Schlossgraben".

Neben Nominierungen zur Vestischen Literatureule und einem Publikumspreis 2013 mit dem Text „Der Toten Ruhe trügt" zählen bei den Ruhrfestspielen Recklinghausen ihre Beiträge in drei aufeinanderfolgenden Jahren (2014 – 2016) zu den Siegertexten.

Der Kurzkrimi „Tag des Rentners" belegte bei der Ausschreibung des Ortsmarketing Raesfeld den 1. Platz (2016). Im März 2021 erschien ihr erster Krimi für junge Leserinnen und Leser: „Die Soko Ki – Ferien, Freunde, Einbrecher".

Seit 2013 bietet Brigitte Vollenberg Kurse zum Kreativen Schreiben für Schulkinder aller Altersstufen im Rahmen des Schulprojektes -Kultur und Schule- an, sowie Kurse für erwachsene Schreibeinsteiger.